麗しの怪盗は秘宝の歌姫を所望する

桜月ことは

24022

角川ビーンズ文庫

Contents

セラフィーナ
ウェアシス王国の第二王女。
歌妖の一族の生き残りで、
国王の養女となった。
「戦場の歌姫」と呼ばれる
レイヴィン
大陸中を騒がせる怪盗の青年。
現在は薬師として
ウェアシス王国の城に
潜入している

麗しの怪盗は秘宝の歌姫を所望する

人物紹介

アンジュ

記憶を失った霊体の少女。
魔物に襲われたところをレイヴィンに助けられ、
彼の仕事を手伝うことに

アレッシュ

セラフィーナの従者。
一緒に育った
セラフィーナにとっては、
兄のような存在

ローズ

ウェアシス王国の第一王女。
セラフィーナの義理の姉

本文イラスト／梅之シイ

プロローグ

それは生温い風が肌に纏わりつくような、夏の夜の出来事だった。

漆黒の髪の青年が顔を歪ませ舌打ちをする。

「……久々に油断したな」

右足に刺さった矢には、おそらく毒が塗られていたのだろう。感覚は既に麻痺して、とても歩ける状態ではなかったが、それでもここで立ち止まるわけにはいかないと、レイヴィンは王宮を屋根伝いに逃げていた。

地上からは、彼を捜す近衛兵たちの声が聞こえてくる。

ここで捕まれば命はないな。

そんなスリルのある状況も、怪盗を生業にしている彼にとっては日常茶飯事。今までも、こんな窮地を何度も脱してきた。しかし……。

「グッ」

力が入らない。足を踏み外し落下したのは、とある姫君の部屋にあるバルコニーだった。

「ひゃっ!?」

それも運悪く姫君が出てきた瞬間の出来事となってしまい、大声をあげないよう彼女の口元をレイヴィンは手で覆い塞いだ。

当然だが、彼女は目を丸くして驚いている。

(戦場の歌姫、セラフィーナ……)

それが彼女の名だ。

顔見知りだった二人は、暫く沈黙の中で見つめ合う。

レイヴィンにとって彼女は危険な存在であり、彼女もまたこちらを警戒しているのは明らかで。

「おい、あっちに行ったみたいだぞ!」

響き渡る近衛兵の声に、二人は時間を取り戻したようにハッとした。

もう感覚のないこの足では、逃げることも難しい。ついに彼は、激痛と眩暈に顔を歪め倒れ込んでしまった。

自分はこんな所で無様に捕らえられるのか——だが、その考えは杞憂に終わる。

「怪我をしているんですか?」

セラフィーナが、顔色を窺うように覗き込んできた。

その整った顔立ちはまさに黄金比。

そして宝石のように澄んだ瞳は、どこか蠱惑的で……。

「苦しそう……」

桜色の唇から紡がれる声音は、ずっと聞いていたくなるほどに心地がいい……。

「いったいどこでこんな怪我を」

彼女は……全てが美しかった。

この女が欲しいと、本能的に感情を揺さぶられるぐらいに。


――だが、惑わされてはいけない。


朦朧とした意識の中で、思わず持っていかれそうになった思考を引き戻す。

そこで部屋をノックする音と共に男の声が聞こえた。

「セラフィーナ様、夜分遅くに申し訳ありません！　少しよろしいでしょうか」

彼女はレイヴィンとドアを交互に見やり、なにか思案しているようだ。

セラフィーナの口を封じ、足を引き摺ってでも逃走することは可能だろうか。

「こっちに来てください」

「っ！」

だが、レイヴィンの思考が纏まる前にセラフィーナは、ふらつく彼を支えクローゼットの中へと押し込めた。

そしてノックのする方へ、寝起きのような声を演じてドアを開ける。

「どうしたのですか、こんな時間に」

「お休みの所、申し訳ありません。城に侵入してきた賊が、こちらの方へ逃げ込むのが見えたもので」

「まあ、怖い。そういえば……今、黒い影が一瞬、このバルコニーを過って向こうの方へ消えた気が」

「なんと！」

セラフィーナからの情報を鵜呑みにした近衛兵は、血相を変え駆け出して、彼女が指さした方へ向かったようだった。

近衛兵を部屋から遠のけた彼女は、クローゼットを開けるとレイヴィンを自分のベッドへ寝かせ、傷口の応急処置を始める。

気安く触るなと言いたかったが、意識が朦朧とするせいで、されるがままになってしまう。

彼の汗を拭いながら、セラフィーナは魔法のように不思議な歌を静かに口ずさんでいた。

まずい、この歌声を聴いてはいけない。一瞬、そんな警戒心が過ったのに、夢心地になる声音に包まれ、レイヴィンの思考からますます抵抗する気が削がれてゆく。

——なんだ、この感情は。

彼女は女神のような顔をした悪い魔女に違いないと、ずっと警戒してきたはずなのに。

「……なぜ、俺を助けようとする。得体の知れない男を」

「だって……貴方はあの夜私に、私の罪を教えてくれたから。悪い人だとは思えなかったの」

「…………」

「これ以上の深入りは、危険です。やめたほうがいい」

「悪いがそれは聞けないな」

彼女の歌声を聴いているうちに、不思議と毒による苦痛が治まったレイヴィンは、身体を起こしそう答える。

「なぜです、なぜそこまでして、貴方はこの国の秘密を暴こうと……」

「目の前に謎があるなら、解き明かしたくなるものだろ?」

言いながら彼はベッドから下りた。足は痛むが、もう歩けないほどではない。

「まだ動かないほうが」

「いいや、もう十分回復した……ありがとな」

セラフィーナは複雑そうな表情を浮かべている。

「助けてくれた礼に、お前の願いをなんでも一つ叶えてやるよ」

「え?」

「借りは作らない主義なんだ。なにがいい?」

美しい宝石や煌びやかなドレスなら、簡単に手に入れることが出来るけれど、彼女はそんな物では喜ばない気がした。

「どんなことでも?」

戸惑いを浮かべながらセラフィーナが呟く。

「ああ、どんなことでも」

叶えてやれる自信があるから言っている。

「っ……急には、思い浮かばないわ。少し考えさせて?」

そう告げる彼女の瞳は悲しげで、どこか救いを求めているようで……なぜ、そんな顔をするのか、興味をそそられた。

もっと彼女を深く知りたい、と。

彼女が秘めているそのなにかを暴いてみたい。この手で――。

自分は今、厄介なことに手を出そうとしている。

そんな予感を覚えながらも躊躇いなどない。むしろ久々の感情に心が躍った。

「また来る」

彼女の耳元で囁く彼は、まるで獲物を狙う時のように楽しげに、危険な色香を含む笑みを浮かべていた。

一章　怪盗に拾われた亡霊

轟々と風が渦を巻く闇の中で、痛みも寒さも感じることはなく、ただ自分を引き摺りまわす力に身を委ねていた。

いつからここにいたのか思い出せない。

それだけじゃない。自分が何者なのかも。

けれど空っぽの心に一つだけ。確かな思いがあった。


『行かなくちゃ……約束の場所に』


なんのことだか思い出せないまま、約束した誰かに強く焦がれる自分の心。

行かなくちゃ。伝えなくちゃ。今度こそ……。

そこで思考が途切れる。

自分は、今度こそ、なにをどうしたかったのだろう。

わからないまま、それでもなお思い出せない何かを求め、遠くに見えた一筋の光へ、藁をも摑む気持ちで手を伸ばす。

「っ⁉」

その刹那、彼女は闇の渦の中から放り出された。

「うぅ……私はいったい……」

目を開けると輪郭のない朧な月が夜空に浮かんでいた。

状況が把握できないまま辺りを見回す。見覚えのない庭園は、夜の静寂に包まれていた。

芝生が刈り揃えられ手入れの行き届いているその場所は、七色の魔法火に照らされた噴水もあり、水面がキラキラと夜に映える光を反射している。

ただ今はそんな景色を楽しんでいる余裕などないようだ。

グルルルルル！

「っ！」

低い呻き声と共に目の前に現れたのは、闇色の猛獣。それが一歩、二歩とこちらに威嚇しながら近付いてくる。

猛獣は紅蓮の瞳を三つ持っていた。二つは人と同じように左右対称に、もう一つの瞳は額に。

その三つの目でこちらを睨みつけ、鋭く刃物のように伸びた牙を剥き出している。

「こな、いで……」

よく見ると猛獣は、黒い炎を身に纏っているようだ。この世のモノとは思えない。

「魔物？」

ついにソレが地面を蹴り上げ、襲いかかってきた。

喰われる。そう察しても、身が竦んでしまい動けない。彼女はそのまま堅く目を閉じた。

しかし——断末魔の叫びを上げて消えたのは、彼女の方ではなかった。

なにかで真っ二つに身体を裂かれた猛獣は、やはりこの世のモノではなかったのか、地面に倒れることはなく、不吉な黒い煙を上げて闇の中に溶けて消えた。

「無事か？」

鞘にたった今使った剣を収めながら、男がこちらにそう尋ねてくる。

その少し低く落ち着いた声に、なぜかドクンと身体が反応した。

「はい……ありがとう、ございます」

外套をマントのようにはためかせ、全身黒装束の青年がこちらへ振り向く。

「その姿……お前は……」

目が合った瞬間、青年はまるで幽霊にでも遭遇したように驚いた顔をする。

だが彼女は逆に、強張っていた気持ちが解け不思議な安心感を覚えた。

この気持ちはなんだろう。

「貴方のお名前は？」

「……そういうお前の名は？」

「私は、その……名乗れる名がありません。なにも覚えていないんです」

名乗りたいのに名乗れない。自分のこと、過去のこと、振り返ってみようとしても、なに一つ思い出すことができない。

記憶がないのだ。

「そうか……俺の名は、レイヴィン」

こちらの様子を窺いながら男は名乗ってくれた。

「レイヴィン様」

今聞いたばかりの名を呟いてみると、たとえようのない気持ちが湧いてくる。

記憶を失い心にぽっかりと穴が開いたような虚無感を、温かな感情が満たしてゆくみたいに。

（なんでだろう、初めて会った気がしない……？）

「で？　お前はどうしてそんな姿なんだ？」

「え？」

最初なにを言われているのかわからなくて、けれどふと視線を向けた自分の身体を見て唖然とした。

「どういう、こと？　私……身体が」

透けている。

この時、初めて自分に肉体がないという事実に気付いた。手も足も身体も全てが半透明に透けている。

「自分の状況に気付いてなかったのか」

そうか。だから彼は先ほど目が合った瞬間に、幽霊でも見たように驚いていたのか。

「身体のない今のお前は、いわば亡霊か」

「ぼ、亡霊……私は、死んでいるってことですか？」

「さあ、どうだろう」

そんなことを聞かれても、彼にわかるはずがない。

透けた自分の掌を見つめ、彼女は途方にくれた表情を浮かべる。

「お前……行く場所がないなら、俺のモノにならないか？」

「え？」

不安そうにしているのを見かねたのか、レイヴィンが突然そんなことを言ってきた。

　だが「俺のモノにならないか？」とは、どういった意味なのか警戒してしまう。

「俺は怪盗だ。霊感がなければ姿の見えない霊体は役に立つ。だから、お前が欲しい」

「そ、そんなこと突然言われても、怪盗なんて」

　つまり盗みの手伝いをさせられるということだろうか。そんなの二つ返事で受けられるはずがない。

「タダでとは言わない。もし俺のモノになるなら、お前が無くした記憶を取り戻す手助けをしてやるよ」

（私が無くした記憶……）

　その提案がとても魅力的なものに思えるのは、それだけ無くした記憶が、自分にとって大切なものだったからなのかもしれない。

　自分はなにか、大切なことを忘れてしまっている。

　取り戻したい。その想いが、彼女を突き動かした。

「その提案、お受けいたします！」

「よし、こちらの条件は一つだけ。今から、俺の命令は絶対だ」

「え……」

「当然だろ。お前は俺のモノになるんだから」

　つまり、この関係は対等じゃない。彼は、自分の配下になれと言っているのだ。

よく知らない怪盗の命令を、絶対に聞かなければならない約束なんて、安請け合いして大丈夫だろうか。

けれど、このままここに一人取り残されるのは心細い。また魔物に襲われる可能性もある。

「ちなみに、私はなにをさせられるんですか？」

「大丈夫、悪いようにはしない」

「そんなこと言われても」

その言葉だけで、初対面のこの男を信用しろというのか。

「どうする？」

「…………」

本当なら断るべきなのかもしれない。けれど「悪いようにはしない」、そんな彼の一言を信じてみようと思った。

どうせもう死んでいるのだ。ある意味怖いものなんてない。

「わ……わかりました。貴方の命令は絶対です」

「いい子だな。おいで、アンジュ」

微笑を浮かべたレイヴィンに手を差し伸べられ、ないはずの心臓が飛び跳ねる。

「アンジュって？」

「呼び名がないと不便だろ。だから今日から、お前の名前はアンジュだ」

「綺麗な響き……ありがとう」

緊張で強張っていた彼女の表情が少しだけ和らぐ。

(今日から、私の名前はアンジュ)

こうして記憶のない亡霊アンジュは、その名を受け入れると共に、怪盗に拾われたのだった。

アンジュを自分の宿泊する宿屋に連れ帰ったレイヴィンは、その後、彼女を部屋に残し再び外出した。

目的は、城に住まうとある歌姫の部屋へ行くためだ。

夜の闇に紛れ屋根伝いに移動し、慣れたルートで彼女の部屋のバルコニーへ舞い降りる。

そしてそのまま遠慮なく、バルコニーの戸を開け部屋の中へ――。

「きゃっ⁉」

物音に気付いた部屋の主セラフィーナは、小さな悲鳴を上げると、突然部屋に入って来たレイヴィンを見て固まった。

「セラフィーナ姫」

「レイヴィン先生？　どうして……」

名前を呼ぶと彼女は、困惑の表情を浮かべ瞬きを繰り返す。

レイヴィンは、それに構わずズカズカと部屋に入り、彼女の目の前で足を止めた。

「…………」

「な、なんなんですか、あのっ」

顔を覗き込むとセラフィーナは頬を赤く染め、慌てたように視線を泳がせる。

「セラフィーナ姫。声を取り戻したのか？」

「え……ええ、そうなの。自分でも驚いているのだけれど、先ほど突然」

「……ああ、奇跡だ。良かった！」

レイヴィンが大袈裟に喜んでみせると、セラフィーナもぎこちなく笑みを浮かべかけたが。

「そ、そんなことより！　こんな時間に……ひ、人を呼びますよ？」

「今日の貴女は、つれないな」

また来る。そう約束したあの日から、幾度もレイヴィンはこの部屋を訪れていた。

「今さら照れなくても。人目を忍んで、何度も朝まで一緒に過ごした仲じゃないか」

「っ……で、でも……」

「せっかく声を取り戻せたんだ。話をしよう、セラフィーナ姫」

最初たじろいでいたセラフィーナは、けれど部屋から出て行こうとしないレイヴィンに折れたのか、結局人を呼ぶこともなく、その誘いを受け入れたのだった。

悠遠の昔から精霊の加護を受け、豊饒の土地を保ってきたとされる大陸の東に位置するウェアシス王国は、水の精霊を崇拝する国。

漁業が盛んで秋になれば、この国の海域でしか手に入らない魚が大量に水揚げされる。その魚のヒレには、解熱効果の高い成分が含まれており、他国でも高値で取引されるため、豊漁祭も踏まえて秋の港は活気付く。今が丁度その時期だった。

明日から始まる豊漁祭に参加しようと集まった観光客で、ウェアシス王国の宿はどこも満室状態。

港町から少し離れたここ宿屋アクアマリンも、明日開催される祭りに朝からはしゃぐ客人の声や、元気な子どもたちの足音で賑やかだ。

ただ一室を除いて……。

「はぁ、レイヴィン様まだかなぁ」

爽やかな太陽の光が眩しいであろう朝方。

アンジュは暇を持て余し溜息を吐きながら、厚手のカーテンに窓を覆われた、薄暗い一室でレイヴィンの帰りを待っていた。

その部屋は質素で、窓辺に元気のない花が活けられている他、必要最低限の調度品が揃えられているだけで少し物寂しい。

あの後、彼は急ぎで行くところがあると、自分が戻るまでこの部屋から出ないように言い残し、出掛けてしまっている。

今のアンジュは太陽の日を浴びると、魂が焼ける危険な状態なので、決して勝手に外に出るなと念を押された。

「これから、どうなっちゃうんだろう」

この部屋に来る途中に、宿屋のロビーで偶然目にした新聞。その一面には、大陸中を騒がせているという怪盗の特集が組まれていた。

通り名は怪盗S。大陸中に神出鬼没、姿形でさえ変幻自在に変えられる大怪盗なのだとか。

懸賞金は、目が飛び出るような額だった。

レイヴィンは素知らぬ顔をしていたけれど、恐らく彼がその人物に違いない。

自分は、とんでもない人に拾われてしまったみたいだ。今さらだけれど。

「はぁ、どうしよう。でも他に行く当てもないし……なんで私、亡霊なんだろう」

手持ち無沙汰で、部屋の片隅に用意されていた鏡台の前に立ってみる。

そこには——レイヴィンが寝るためだけに取った、生活感のない宿屋の一室が映っている。

それだけだ。どこにもアンジュの姿はない。鏡に手を伸ばしてみても、半透明の手が鏡に映し出されることはなかった。

(自分の姿もわからないなんて……)

肉体のない、魂だけの状態。

なにか未練でもあっただろうかと、ぼんやり自分が死んだ後も、この世を彷徨っている理由を考えてみるが、やはり思い出せそうにない。

(とても大切なことを、忘れてしまっている気がするのに)

焦る気持ちを抑えながらも思考を巡らせていると、思い浮かんできたのは、過去の記憶ではなくてどこか懐かしい旋律だった。

「〜〜〜♪」

確認するように口ずさんでみる。すると、焦る気持ちが少しだけ落ち着いた。

そのまま鼻歌を続けていると、いつの間に後ろに立っていたのか、レイヴィンと鏡越しに目が合い振り返る。

「あ、おかえりなさい！」

「……ただいま。続けろよ」

「え？」

「もっと聴きたい」

最初、なんのことかときょとんとしてしまったが、どうやらレイヴィンは、今の鼻歌のことを言っているらしい。

「で、でも……」

うろ覚えの鼻歌を他人に聞かせるのは、なんだか恥ずかしくて少し躊躇する。

「約束しただろ。俺からの命令は？」

「絶対、です」

なんだその命令はと思いつつ、アンジュは言われた通り、もう一度歌を口ずさんだ。

すると窓の外から硝子をつっつく音がして、気付いたレイヴィンが少しだけ窓を開くと、小鳥が二羽入り込んでくる。

「っ⁉」

驚いたが、まるでアンジュの存在を感じ取っているかのように、小鳥たちが囀り自分の周りをくるくると飛行するので、アンジュは口元を緩めると、先ほどよりも明るい表情で歌い続けた。

それだけじゃない。偶然のタイミングなのか、窓辺にあった花瓶の蕾たちがぽんっと開花し、活き活きと咲き誇りだす。

そんな現象には気付かずに、小鳥たちと楽しげに歌うアンジュの姿を、窓辺に寄り掛かりながら、レイヴィンは温かな眼差しで見守っていた。

「歌が好きか？」

歌い終え、清々しい表情を浮かべていたアンジュにレイヴィンが聞く。

アンジュは少し考えてみてから頷いた。

「好きみたい。もしかしたら……生前の私も、歌うことが好きだったのかもしれません」

きっとそうに違いない。なにも思い出せない自分が、唯一覚えているのが、この歌なのだから。

「レイヴィン様、私この歌について知りたいです。この歌が、記憶の手掛かりになる気がするから」

「そうか……わかった、調べておいてやる」

「よかった。ありがとうございます」

少しずつでも記憶の手掛かりが見つかり、事態が進展すると良いのだけれど。

「そんなに失った記憶を取り戻したいか？」

「もちろんです。自分が何者なのかわからないのは、とても心細いから」

そしてなにより、早く思い出さなくちゃ。大切な、なにかを……そんな気持ちに駆り立てられるのだ。

「今の私は、自分の顔すら思い出せないんですよ」

先ほどのように姿の映らない鏡を見つめ、ぽつりと呟く。

「自分の顔も覚えてないのか」

レイヴィンは顎に手を当てると、屈んでアンジュの顔を覗き込んできた。

（う、顔が近い、近すぎる気がする……）

神秘的なアメジスト色の瞳に、すっと通った鼻梁、形の良い眉。そして顔立ちが綺麗というだけじゃない、妙にミステリアスな色気のあるレイヴィンは、一言で言うと息を呑むような美丈夫だ。

そんな彼にこんな間近で見つめられると、落ち着かない気持ちになってしまう。

「あのあの、そんなに顔を近づけなくてもっ」

「紫色をした唇が耳の辺りまで裂けてる。三日月みたいな目が三つ付いてて」

「え、なんのお話ですか？」

「お前の顔」

「えぇっ、やだ!?」

アンジュは、両手で顔を覆ってレイヴィンから背けた。

だって自分は普通の人間だと思い込んでいたのに。そんな容姿だったなんて、予想だにしていなかったのだ。

口が裂けてて目が三つって……。

「うっ、想像すると随分と人間離れしたお顔なんじゃ」

ショックを受けたが、そんなアンジュを見て、レイヴィンはククッと堪えきれない笑い声を零す。

「な、なんで笑ってるんですか。そんなに私の顔、面白いですか……?」

三つの三日月みたいな目をした自分の、困惑の表情を思い浮かべてみるが、不気味でしかなく余計悲しくなる。

「冗談」

「へ?」

意地悪な笑みを浮かべ、レイヴィンはもう一度屈んで、アンジュの顔を覗き込んできた。

「全部嘘。お前は普通の人間だ。口も裂けてないし目も二つ。歳は成人したばかりぐらいに見える」

なんだ冗談かと一瞬安心したが、からかわれたのだと気付き、たちの悪い冗談を言わないでほしいと、一言物申そうとしたのだが。

「綺麗だよ」

「っ⁉」

さっきまでの意地悪な顔が嘘みたいに、レイヴィンは目を細めそう告げた。

そんな顔を見たら、怒る気も削がれてしまう。

「ほ、本当に？」

ぬか喜びさせられ、またからかわれていたらと警戒するが。

「ああ、天使みたいだと思ったから、アンジュって名前を付けたんだ」

彼が言うに「アンジュ」とは、ここから遠く離れた異国の地で「天使」の意味を持つ言葉だと言う。

「お前は、すごく綺麗だ。亡霊にしておくのは勿体ないぐらい」

「〜〜〜っ」

赤面するアンジュの表情を見て、レイヴィンが再びフッと笑った。

(また、からかわれているだけ？)

だとしたら、自分はレイヴィンの思うツボな反応をしてしまっている気がして、なんだか悔しい。

なにも言い返せないでいるうちに、彼は外套を脱ぎ、ラフな格好で椅子に腰かけ机に向かった。

「お休みしないんですか？」

レイヴィンと出会ったのは真夜中で、その後、彼は出掛けていて。戻って来ても休む気配がないので心配になる。

「今、そんな暇はないな。今日は夜に予定があるし、その前に終わらせておきたいこともある」

「夜に？……私は、またお留守番ですか？」

この薄暗い部屋で、夜も一人留守番なのだろうか。

それは、少し寂しいというか、心細い……。

「……勝手な行動はとるな、大人しくしてること」

「え？」

「その約束を守れるなら、連れて行ってやる」

「守るわ、守ります！」

薄暗い部屋で一人ぼっちは、色々と考えてしまい気が滅入りそうだったので、一人より一緒がいい。

「夜にとある女性の誕生パーティーに出席する。俺の仕事が終わるまで、俺に憑依して俺の中に隠れていること。それが条件だ」

「憑依って？　亡霊初心者なので、やり方がわかりません」

困り顔のアンジュに「亡霊初心者ってなんだよ」と吹き出しながら、レイヴィンは立ち上がった。

「おいで」

「え、えっ」

突然距離を詰め、こちらに手を伸ばしてきたレイヴィンに警戒し、肩を竦めるアンジュだったが。

「大丈夫、怖がるな。そのまま俺に身を委ねろ」

耳元でそう囁かれた瞬間、なぜか強張っていた緊張が解け、そのまま彼の中へ溶け込むような不思議な感覚がした。

『よし……これが憑依している状態だ。簡単だろ？』

『は、はい。なんとなく、感覚は摑めたみたいです』

彼の身体の中にいる時は、声で言葉を発しなくても、心で思うようにすれば会話が交わせるらしい。

お互いの声が頭の中に響いてくるような、奇妙な感じがする。

『普通の人間には、霊体なんて見えないだろうが、特殊な霊感体質を持っている奴なら、今のお前も見えてしまうかもしれない。だから、人前に出る時はこの状態を保て。勝手に俺の中から飛び出したりするなよ。これは命令だ』

これから向かうのは、たくさんの人が集まる場所なので、もし霊感体質の人間がいた場合の混乱を避けるため、だそうだ。

『わかりました……普通の人が半透明の私を見たら、悲鳴を上げて卒倒してしまいますものね、きっと』

『どうだろう。昔からそういうのが見える奴なら、見ないフリするかもしれないけどな』

確かに、そうかもしれない。普通の人は亡霊になんて係わりたくないだろうし。

そう思うと、魔物に襲われていた自分を見捨てず、助けてくれたレイヴィンには、改めて感謝の気持ちが芽生えたのだけれど。

(……ん？　でもでも、姿の見えない霊体は役に立つからと言っていたし、私はただ利用するために拾われただけか……)

それを受け入れたのは自分なのだけれど、なんとなく複雑な気持ちになって、アンジュはそっとレイヴィンの身体から抜け出した。

出る時も、自分の意志で簡単に憑依は解除できるようだ。

「ところで今夜する仕事って……さっそく盗みですか？」

再び机に向かった彼の周りを、くるくる浮遊しながら尋ねてみる。

アンジュのために薄暗くした部屋の中、レイヴィンはランプで手元を照らし黙々となにか書き物を始めていた。

「いや、今日は敵情視察ってところだな」

アンジュには読めない難解な文字を書き続けながら、レイヴィンが答える。

(敵情視察？)

気になるが、今はそれ以上教えてくれそうもないので、仕方なく邪魔をしないよう大人しく口を噤んだのだった。

その日の夜。

約束通りアンジュは大人しくレイヴィンに憑依していることを条件に、これから彼が向かう場所へ、同行することを許された。

『それにしても、賑わってますね』

レイヴィンの身体を通し、彼と同じ目線で移動する馬車の中から城下町を眺め、アンジュはこの国が活気付いているという印象を受けた。

整備された道に煉瓦造りの綺麗な建物。町の中心部にある広場に聳え立っていたのは、真新しい豪奢な時計塔。

『豊漁祭の季節だからな。本祭は明日から三日間、最終日まではこんな状態だ』

今の時期は観光客が増えるので稼ぎ時なのか、広場も露店が並び、日は沈み夜の帳がおりてもなお、街灯ランプに照らされた大通りは賑わっていた。

そのうち大通りを過ぎ薄暗い林を抜け、静けさに包まれた道を進み続けると、遠くの方に城の高い塀が見えてくる。

『もしかして……あのお城が目的地ですか？』

『そうだ。あれはウェアシス城』

『お城のパーティーに参加できるなんて、レイヴィン様は爵位などをお持ちで？』

だが爵位を持っている人間が、怪盗なんてやるだろうか。

『少し前から薬師として城に潜入してたんだ』

『それって、お城に盗みたい物があるから……とか？』

『まあ、そんなところ』

確かに一国の城ならば、目も眩むようなお宝が、たくさん眠っているだろう。

でも……やはり失った記憶を取り戻すためとはいえ、アンジュは盗みの協力をすることへの抵抗が拭えなかった。

『レイヴィン様は、どうして泥棒なんてしているんですか？』

『泥棒じゃない。怪盗だ』

言い直されてしまったが、アンジュからすればどちらも大した違いはない。

『貴方なら、もっと別のお仕事にでも就けると思うのに』

まだ若いし、強いし、地頭も良さそうだし、そのうえ顔も良い。真っ当な働き先なんて、いくらでもありそうだが。

『そうだな。でも……今のところ、怪盗が俺の天職だ』

盗む行為が天職なんてと思う一方、彼がそこまで情熱を持っている怪盗という仕事に、少し興味が湧いてくる。

『今まで、どんな物を盗んできたんですか？』

『この世に眠る曰く付きの代物たちとか』

『い、曰く付き？　お金になりそうな高価な芸術品とかじゃなくて？』

どんな煌びやかなお宝を手に入れてきたのかと思えば、随分と物騒な表現にアンジュは困惑する。

『俺はとある協会に所属する怪盗だからな。金のために動いてるわけじゃない』

彼の所属する協会は、禁術の宿る危険な魔道具などが出回らないよう、裏で取り締まっている組織。だから彼が盗む物は全て、世間に出回ってはいけない危険物ばかりらしい。

それを聞いてアンジュは、少し肩の荷が下りた。

話を聞く限り、弱者から奪い取るような後味の悪い盗みではなさそうだから。

それどころか彼の行いは、世の中の秩序を守っているのではないのだろうか。

それなのに悪と決めつけ、先ほどは失礼なことを言ってしまったと反省する。

『……ごめんなさい』

『なんだよ、急に』

『なにも知らないで、泥棒呼ばわりして』

しおらしい態度で謝罪すると、レイヴィンは別に気にしてないと笑ってくれた。

『お前の反応は間違ってないよ。協会からの任務には、人に言えないような汚れ仕事もある』

危険物を回収しているからって、義賊ってわけでもないと彼は言う。

(それってどんな任務なのか、もっと深く聞いてもいいんだろうか……)

『この先を今聞くのは止めておけ。お前には刺激が強すぎるから』

『えっ⁉』

今のは心の中だけに留めた呟きだったはずなのに、まるでアンジュがなにを聞こうとしているのか察したように、レイヴィンから釘を刺されてしまった。

そんな話をしているうちに馬車は門番の検問を受け、広い城の敷地内に入ってゆく。

ウェアシス城が見えてきた。

パーティーは宮殿の東側に建てられた離宮で行われるらしい。

馬車から降りたレイヴィンは、離宮の前で再びパーティーに参加するための検問を受け、会場の中へと通された。

『わぁ、豪華絢爛』

離宮に入り赤絨毯の敷かれた大きな階段を上った。その先にある両開きの扉が開くと、目の当たりにしたパーティー会場に、アンジュは感嘆の声を上げる。

床も支柱も汚れ一つなく磨き上げられた白大理石。見上げると高い円蓋の天井には、この国のシンボルでもある水の精霊をモチーフにした彫刻。

宴を楽しむ人々は、華やかな衣装と装飾品で着飾っている。

『いったい誰の誕生パーティーですか？』

レイヴィンが本日の主役の名前を言おうと口を開きかけた時だった。

「今宵は、我が娘セラフィーナを祝いによく集まってくれた」

会場に響き渡った貫録のある声に、レイヴィンとアンジュは視線を向ける。

白銀の髭を生やした、少し目つきの鋭い熟年の男性が開会の挨拶を始めた。

レイヴィン曰く、彼こそがこの国の王、ジョザイア・ノースブルック・ウェアシスらしい。

「もうすぐ豊漁祭もある、楽しんでいってくれ」

国王から集まった人々への軽い挨拶が終わると、会場が賑わいを増してゆく。

そんな中、ゆったりと王座に着いたジョザイアの両隣にある空席が、アンジュの目に留まった。

『空席が二つもありますが……』

『ああ……第一王女のローズと、今日の主役セラフィーナの席だな』

『なるほど。そのセラフィーナ姫とローズ姫は、まだ来てないんですかね』

特にセラフィーナは、今日の主役なのにと、アンジュは不思議に思う。

レイヴィンは黙ったまま空席を見つめ、なにか思案しているようだった。

彼の身体に憑依しているとはいえ、心の中までは覗き込めないので、アンジュにはレイヴィンが今なにを考えているのかわからない。

『レイヴィン様?』

呼びかけても、彼は応えてくれなかった。黙ったまま会場を見渡し、誰かの姿を捜している。

その時、主役の登場だという声と共に、わっと会場が盛り上がり、レイヴィンも声のした方へ振り返る。

アンジュの視線も、彼と同じ一人の女性へと向けられた。

華やかな人々の中でも際立って輝いて見える令嬢が、視線の先に佇んでいる。

美しい長髪に、淡い暖色系のドレスが柔らかい彼女の雰囲気をより引き立たせていた。

奇抜でも派手でもないが、透明感のある美貌から存在感を放つその女性は、国王陛下と少しの会話を交わした後、ドレスを摘みお辞儀をする。

「セラフィーナ姫、やはり噂に違わぬ美しさだな」

貴族の青年たちのヒソヒソ話がアンジュの耳にも入ってくる。

「あれが噂の戦場の歌姫か」

「彼女が歌えば、戦場での我が国の勝率は百パーセントと言われる歌い手だしな」

「ただの歌い手じゃないさ。彼女はこの世界で唯一、歌妖術を使えるんだ」

「もしかしたら、彼女の歌声に宿る不思議な力が、兵士たちを勝利へ導いてくれているのかもしれないいな」


——歌妖術。

その言葉を聞いて、なぜだか胸がざわざわとした。記憶のない自分でも、覚えのある言葉だったからかもしれない。

それは魔術に似て非なる力だ。

この世界で、魔術は精霊に与えられた個々の才能と言われているのに対し、歌妖術とは一族に引き継がれる力。

魔術師は魔石を使い自然の力を操るのに対し、歌妖術の使い手は魔力の籠った歌声と旋律だけで生物を操る。特に感情の繊細な人間を惑わすことに長け、恐れられた一族……だったはず。

アンジュの知識はそこまでだったが、貴族の青年たちの噂話を聞くに、その一族の里は危険な力を恐れたどこかの勢力によって襲われ全滅。たった一人の生き残りだったセラフィーナを、この国の王ジョザイアが保護し養女に迎えたらしい。

「しかし、歌姫は確か今……声を失っているのでは？」

声を失った歌姫。今は静養中のため、今回のパーティーも外交的なものにはせず、これでも人数制限を設けた慎ましやかなモノだと貴族たちは話していたが――。

「皆様、本日は、わたくしのためにお集まりいただき、ありがとうございます」

愛らしい声が会場に広がる。

セラフィーナは静養により声を取り戻したことを報告し、三日後にある豊漁祭の舞台にて、歌姫としても復活すると宣言し会場を沸かせ挨拶を終えた。

「歌姫として復活、ね……へー」

レイヴィンは、どこか抑揚のない声で呟き、ずっとセラフィーナから目を離さない。

どうしてそんなに、あの歌姫を見つめているのかわからない。レイヴィンと彼女の間には、なにかあるのだろうか。

「レイヴィン先生」

レイヴィンの視線に気が付いた歌姫が、優雅な足取りでこちらにやってきた。

「セラフィーナ姫から声を掛けてくれるとは意外だな」

「あら、なぜ？」

「昨夜の貴女には、随分とそっけなくあしらわれたから」

「あ、あれは……あんな時間に押しかけてくる先生が悪いんですよ」

セラフィーナは頬を赤らめ焦ったように俯くと、毛先を指に巻き付けながら、もごもご反論している。

（な、なに？　昨夜お二人の間でなにがあったの？）

それは自分と出会う前のことなのか、それとも宿に連れていかれた後に、留守にしたレイヴィンが朝帰りした理由と関係があるのか。盗み聞きなどしたくないけど、彼に憑依しているせいで、二人のヒソヒソ話までアンジュにだけ筒抜けだ。

「仕方ないだろ。無性に、貴女に会いたくなったんだ」

「だ、だからって……今後は自重していただかないと、困ります」

「セラフィーナ様、いかがなさいましたか？」

困り顔で懇願しているセラフィーナを見て、不審に思ったのか、近衛兵が一人やってきた。

「い、いえ……レイヴィン先生とお話ししていただけですわ」

ねっと、同意を求める彼女の目を見て空気を読んだのか、レイヴィンも爽やかに微笑む。

「ええ。セラフィーナ姫、歌姫として復帰なさるそうで。おめでとうございます」

「ありがとう。全て先生のおかげです。毎日あなたが献身的に、わたくしに接してくださったから」

この城でのレイヴィンの、表向きの仕事は薬師だと言っていた。声が出なくなってしまった歌姫を心身ともに支え、城を出入りしているうちに、二人は親しくなったのだろうか。

それにしても先ほどのやりとりは、歌姫と薬師というより、秘め事を共有している男女のような会話にも聞こえたが……。

「レイヴィン先生、陛下がお呼びです」

アンジュが悶々としているうちに、国王陛下からの使いの者が、レイヴィンを呼びにやって来た。

国王からの呼び出しとはいったい何事か。しかし、レイヴィンは特に緊張する素振りもなく、わかりましたと頷いて、呼びに来た使いの者の後に続き歩き出す。

「セラフィーナ姫の誕生日だというのに、ローズ姫は欠席か」

「いつものことだろ」


会場を出る途中、そんな貴族たちの会話が耳に入ってきた。

アンジュもなんとなく気になっていた。結局第一王女だけ姿を見せなかったことを。

レイヴィンにも貴族たちの会話が聞こえてきたのだろうか。会場を出る前に、彼がちらりと視線を向けたのは、いつまでも空いていた第一王女の席だった。

「やあ、レイヴィン殿。本日お呼び立てしたのは他でもない、セラフィーナの歌声のことで相談があってな」
会場横にある豪華な部屋へ呼び出されたレイヴィンを待っていたのは、この国の王ジョザイアだった。
アンジュは、この場から早く抜け出したいような、居心地の悪さを感じた。レイヴィンの中に隠れているとはいえ、一国の王を前に緊張してしまっているのかもしれない。

「しかし、セラフィーナ姫はお声を取り戻したご様子。もう、私の力など必要ないかと」

「いやいや、それが……レイヴィン殿には、少し話したことがあるだろう。セラフィーナは、歌声に不思議な力を宿す娘なのだと」

「ええ、確か歌妖の一族の末裔を、陛下が引き取り養女になさったのだとか」

「ああ、それなのに。喋れるようになってもなお、セラフィーナは歌声に宿る本来の力を、取り戻せぬままなのだ」

困ったことだとジョザイアは憂い顔を見せる。

「セラフィーナ自身も、自分の力を失ったままで参っていてな。なんとかしてやりたい。レイヴィン殿、あの子の力を増幅させられるような薬はないものか」

「力を増幅させる薬、ですか」

レイヴィンは顎に手を当て、なにか考えているようだった。

その後も二人はセラフィーナの歌声をどうするか、なにやら話し合っていたが、アンジュの耳にその会話はもう届いていない。

何の前触れもなく突然、視界が歪み、得体のしれない恐怖の感情が沸きあがってきたせいだ。

(っ……どうしちゃったんだろう……なんだか、息苦しい)

眩暈がする。それから、よくわからない映像が断片的に脳裏を過る。

酷く荒れ果てた風景。事切れたように動かない誰か。そして、冷たい剣先を喉元に当てられる感触。

（な、に……？）

目の前が真っ赤に染まる――。

（イヤッ!!）

言葉にならない罪悪感と恐怖の感情から逃れるよう、アンジュは無意識のうちに、レイヴィンの身体から飛び出した。

「はぁ、はぁ……なんだったの、さっきのは……」

まだ少し気分が悪かったけれど、先ほどの部屋から離れると徐々に落ち着いてきた。

だが随分と会場から離れてしまったようで、すっかりパーティーの喧騒も聞こえないそこは、薔薇のトンネルに噴水がある中庭で。

「あら？　ここって……」

昨日初めてレイヴィンと出会った場所だった。

あの時は色々とあって気付けなかったが、どうやらここは城の敷地内らしい。

(じゃあ、私ってお城に住みつく亡霊だったの?)

記憶がまったくないので、いまいちピンとこないけど……。

なにか思い出せる手掛かりはないか。探してみたい気持ちもあったが、また昨夜のように魂を狙う魔物が現れたら困るので、ここは一先ず会場に戻ることにした……のだけれど。

ここで新たな問題に気付いた。

「あら……会場への帰り道が、ワカラナイ」

あれほど俺の身体から勝手に出るな、と念を押されていたというのに、レイヴィンに大目玉をくらうんじゃないかと想像して、サーッと血の気が引いてゆく。

(約束も破ってしまったし、このまま見捨てられちゃう可能性も……ある?)

呆然とそんな現実に打ちひしがれていると。

「おい。そこの亡霊」

「ひゃい!?」

突然現れた背後からの気配に飛び上がる。

振り向くとそこには、やはりお冠の様子のレイヴィンがいた。

「俺はここに来る時なんて言った?」

「勝手に身体から出るなって……」

「で？」

（ひ～、やっぱり怒ってる～）

なんだか急に逃げ出したくなっただなんて、自分でもよくわからない理由を伝えても、言い訳にすらならないだろう。どうしよう。

「ご、ごめんなさい。猛省するので、許してください！」

どんな過酷なペナルティを与えられるのかと、宣告を待つように、ビクビクとアンジュは堅く目を瞑っていたのだけれど。

「はぁ……急に飛び出してくから心配した。無事ならいい」

「……許してくれるの？」

あんなに命令は絶対だという約束を破ってしまったのに。意外とレイヴィンの態度は、あっさりしていた。

「今回だけ、特別な。ああ、でも……これからは、なんかあった時のための、合図ぐらい決めておくか」

「合図？」

「そう。たとえば、声が届かない喧騒の中とか、遠く離れた距離でなにかあった時は――」

ピィ――！

レイヴィンがお手本で鳴らしてくれた指笛が、闇の中で高らかに響く。

「こうやって俺を呼べ。そうしたら、すぐに駆け付けてやるよ」

やってみろと促され、アンジュは人差し指と親指で輪を作り、思いきり吹いてみたのだが。

「フー、フー……フーッ！」

息が漏れる音しかしない。レイヴィンは、あんなに簡単そうに鳴らしていたのに。

「ククッ、下手くそ」

一生懸命頬を膨らませて吹き続けるが、一向に音を鳴らせないアンジュを見て、レイヴィンが吹き出す。

「む、難しいです……」

「後でコツを教えてやるから、ちゃんと習得しとけよ。いざという時のために」

素直に頷くアンジュを見て、「じゃあ、帰るぞ」と、レイヴィンはそれだけ言って歩き出す。

アンジュも慌ててその背を追った。

馬車に揺られ滞在中の宿屋へ戻る道中、レイヴィンはなぜかずっと無言だった。

怒っているという風でもないが、長い脚を組み、頬杖を突きながら、物思いに耽るように窓の外を流れる景色を眺めている。

アンジュはというと、馬車の中は二人だけの密室なので隠れる必要もなく、レイヴィンの隣に大人しく腰を下ろし彼の様子を窺っていた。

「あ、あの。パーティーは、まだ途中のようでしたがよかったんですか？」

「ああ、目的は果たした」

「目的……それって、あの歌姫様にお会いするため、だったりとか？」

「まあ、それもある」

「レイヴィン様とセラフィーナ姫って……恋仲、とか？」

二人の関係について突っ込んでもいいものかわからず、控えめに呟いたアンジュの声が聞こえたのか、外を眺めていたレイヴィンがこちらを向く。

「気になるか？」

知りたくないような、気になるような。

だが、自分なんかが軽々しく立ち入ってはいけない気もした。

「いえ、やっぱりなんでもないです」

「……ふーん」

レイヴィンは少し何か考え込んだあと、ポツリポツリと話し始める。

「セラフィーナとの出会いは、ある夏の夜だった。俺がヘマして、死に掛けてた所を助けられて……その後、色々あって決めたんだ」

「なにをですか？」

「セラフィーナをこの国から攫うって」

「へー……って、ええ!?」

二人の馴れ初めを話してくれているのかと思いきや、いきなり飛び出してきた不穏な単語に、思わず素っ頓狂な声を上げてしまった。

色々あって決めたんだ、の色々に省略されている部分が、とても気になるのだが。

「ほ、本気ですか？　そんな無茶なっ」

相手はこの国の、それも王女である歌姫だ。捕まったらただじゃ済まない。重罪人だ。

だが今のレイヴィンからは、ふざけていたり、こちらをからかおうという意図は感じられない。本気なのだろう。

「俺を誰だと思ってる」

「……大陸中を騒がせている怪盗さん？」

「そう、俺に盗めない宝なんてない。絶対にセラフィーナを手に入れてみせる」

そう宣言するレイヴィンからは、揺るぎない強い意志のようなものを感じた。けれど、それだけではない。

(なんでそんなに、切なそうな目をしているの？)

まるで、叶わぬ恋に焦がれているかのように。

「でもレイヴィン様、さっきは協会の任務で、曰く付きの物を盗むのが仕事だって……」

なのに、これではまるで人攫いじゃないか。

「これは任務じゃない。むしろ……協会からの命令に背いて、俺はセラフィーナを攫おうとしてる」

「えぇ!?」

もうなにがなにやらわからないけれど、つまり二人の駆け落ちに、自分はこれから加担させられようとしている？

「ちなみに、それはセラフィーナ姫も同意のうえで、なんですよね？」

「…………」

(な、なんでそこで黙るの!?)

まさか、まさかとは思うが、セラフィーナの同意を得ないまま攫おうとしている？

「もしかして……レイヴィン様の片想いなの？」

それで攫おうなんて企んでいるなら、とんだ不届き者だ。

アンジュに不審者を見るような目で見られ、レイヴィンの片眉がピクリと動く。

「誰が片想いだって？」

「ひゃっ⁉」

ドンッと馬車の背凭れに片手をつき、レイヴィンはアンジュの逃げ場を塞ぐ。

「今に見てろ……俺は狙った獲物は逃がさない、絶対に」

自分が口説かれているわけじゃないのに。ぶつけられた想いは、他の女性へのモノなのに。その熱が伝わってきて、アンジュの心まで揺さぶられた。

でも、だからって人攫いの手伝いとは、なんて厄介なことだろうと、逃げ腰になってしまう。

「逃げたい、とか考えてるだろ」

「に、逃げたいだなんてっ」

（考えてます……）

口には出せないけれど、図星だった。

なんでこの男は、言ってもない気持ちを表情だけで察してくるのだ。

「今、言っただろ。俺は狙った獲物は逃がさないって。つまり……一度拾ったお前も逃がさない」

「っ⁉」

耳元で艶っぽく囁かれ、肩を竦める。

霊体の自分にはあるはずのない感覚なのに、レイヴィンの危険な色気に当てられたのか、まるで耳朶に吐息がかかったかのように肌が粟立つ感じがした。

「フッ、なんだお前、霊体のくせに耳が弱いのか」

「ななっ、からかわないでください⁉」

恥ずかしいことを言われて、顔が赤くなっているのが自分でもわかる。

「からかってない。本気だ」

「えぇ？」

本気とは、どこの部分を指しているのか、混乱してくるが。

なんとか冷静に話を整理するに、想いを寄せるセラフィーナをこの国から攫いたい、ともとい、やはり駆け落ちの手伝いをしてくれ、ということなのだろう。

そのために、役に立つ霊体の自分をせっかく拾ったのだ。今さら逃がす気はないと。

(うぅ～、どうしよう。これは相当な厄介ごとに、巻き込まれてしまったのでは？)

けれど手伝えば成功報酬として、失った記憶を取り戻す手助けをしてくれるのだ。

世界を股に掛ける怪盗と共にいれば、本当に思い出せるかもしれない。

この胸の中にずっとあり続けているのに、思い出せない大切ななにかを。

（私は、どうしても失った自分の過去を、思い出さなければいけない気がする……自分の死の原因も）

これはアンジュにとっても一世一代の賭けだ。

でも、胸の中にずっとある大切な何かと、リスクを天秤に掛け決意は固まった。

「……わかりました、逃げません。セラフィーナ姫をこの国から奪う手伝いをしましょう」

アンジュは迷いを捨てて顔を上げ、真っ直ぐにレイヴィンを見た。

「その代わり、成功報酬は私の失った記憶ですよ」

「ああ、もちろん。俺が必ず取り戻す――約束だ」

なにを思ったのか、決意に満ちたアンジュの額に、ちゅっとレイヴィンはキスをする仕草をして不敵に笑う。

肉体がないのだからあくまでもフリだ。本当に唇が触れたわけでも、感触もないが。

「なな、なんでここでキス⁉」

頭の中を『？』でいっぱいにさせながら、じわじわとアンジュの頬が赤く染まってゆく。

「利害が一致した契約の……いや、親愛のキスだ。改めて、よろしくな。俺のアンジュ」

「っ……」

彼にとってキスなんて、挨拶みたいに軽いものなのだろう。この態度を見るに手慣れてそうだし……。

「なんか……なんか、ずるい」

「ん？　なにがだよ」

レイヴィンは、なんてことないように笑っている。こっちは、こんなにドギマギしているのに。

この色男め！　と内心で毒づきながらも、もう後には引けなくて。アンジュはちょっぴり意地悪で、どこかミステリアスな怪盗と、利害の一致から協力関係を結んだのだった。

二章　昼は薬師、夜は怪盗

翌日の朝、祭り開催の花火が打ち上がる音を聞きながら、アンジュは薄暗い部屋で荷造りを始めたレイヴィンを大人しく眺めていた。

今日から祭り三日目の最終日まで、レイヴィンは薬師として城に滞在することになったという。

豊漁祭三日目の夜に、水の精霊に歌を捧げるという大役を担うセラフィーナが、万全の態勢で挑めるようにという配慮らしい。

その時、コツコツと窓を外から何かがつっつく音が聞こえ、アンジュは首を傾げる。

「レイヴィン様」

「ああ、わかってる」

荷造りしていた手を止めレイヴィンが窓を開けると、漆黒の羽を広げた烏が部屋に入り込んできた。

「わぁ!?」

「安心しろ。こいつは伝書使いだ」

レイヴィンは慣れた手つきで、鳥の足に括りつけられていた手紙を受け取り、ランプの近くで広げた。

「なにが書いてあるんですか？」

一緒になって覗き込んでみたが、それは暗号になっているようで、アンジュにはさっぱり解読できない。

「協会にいる知人に頼んでおいた密書が届いたんだ」

「密書？」

手紙を読み終えたレイヴィンは、どんな術を使ったのか、手の中で紙を燃やし消してしまった。

「今の火はどうやって!?　レイヴィン様は魔術師でもあるの？」

「さあ、怪盗の企業秘密」

彼はミステリアスに笑うだけで、肯定も否定もしてくれない。

「というか、せっかく届いた密書なのに、燃やしちゃって大丈夫なんですか？」

「盗みに関する情報は、頭に入れたら即証拠隠滅するのが鉄則だ」

「えぇっ、今のを見ただけで全部覚えたってことですか!?」

「当たり前だろ。そんなことより、今日から三日以内に盗みだすものが二つできた」

全然当たり前ではないと感心しかけたが、盗みという単語を聞き、アンジュに緊張が走る。

「最初の決行日は今夜だ。頼んだぞ、相棒」

「っ……はい」

いよいよかと覚悟を決め、アンジュは深く頷いたのだった。

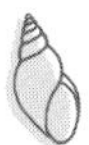

その後、荷造りを終え予定通り城に着いたレイヴィンは、用意された部屋に入るなりすぐカーテンを閉める。

そうして、アンジュが過ごしやすい環境を整えてくれると、また机に向かいランプを灯して作業を始めた。休む暇もない忙しさのようだ。

邪魔をしないようにそーっと、ペンを執りなにか書いているレイヴィンの手元を覗き込んでみる。

「これは？」

ジョザイア、セラフィーナ、ローズなど、この城にいる人物の名前と共に、さらっと描かれた簡易的な似顔絵が並んでいた。

「この城の重要人物たちの相関図だ」

少し人間関係を整理しておきたくて、とレイヴィンは言う。

彼がこれからしようとしている仕事に必要な情報ならば、自分も覚えておいたほうがいいかもしれない。そう思い、アンジュもその相関図を改めて見てみた。

「この、ジョザイア王と『?』の線で繋がっている人は、誰ですか?」

名前もなく『ローブの男』とだけ記されている。

「そいつは……まだ調査中だ」

「調査中……じゃあ、この人は? アレッシュ……?」

次に気になった名前を見つけ、アンジュはどんな人物なのか聞こうとしたのだけれど。

相関図に記されていた、その名を口にした途端。なぜだか、胸が痛んだ。

「アンジュ?」

レイヴィンが様子を窺うように、急に言葉を詰まらせたアンジュの顔を覗き込んでくる。

「アレッシュって……誰ですか?」

相関図を見るに、セラフィーナやローズとも線で結ばれている城の関係者のようだが。

「……アレッシュは、セラフィーナの従者だ。セラフィーナが言うには、兄のような存在だったみたいだけど」

今は、病にかかり療養のため、この城にはいないらしい。

「そう、なの……」

名前を見た瞬間に感じた胸の痛みはすぐに消えた。けれど、その名を耳にすると、なんだか落ち着かない気持ちになってくる。

アンジュは自分の感情に戸惑ったが、レイヴィンにその気持ちを吐露する前に、ドアのノック音がそれを遮った。

「レイヴィン先生、セラフィーナ姫がお呼びなのですが……」

ドアの外から聞こえるメイドの声に「すぐに行きます」と、レイヴィンが答える。

その間もアンジュは、ぼんやりと相関図に添えられたアレッシュの似顔絵を眺めていた。

「……お前も行くぞ」

レイヴィンは、アンジュの前から隠すように相関図を仕舞うと、こちらへ手を広げる。

また「おいで」と言われ、憑依しろという意味だと理解したアンジュは、気分を切り替え、それに従った。

薄暗い部屋で一人留守番をしていても、なんだかよくないことばかり考えてしまいそうだ……。

メイドが呼びに来てすぐに、レイヴィンはセラフィーナの部屋を訪れた。

今夜、盗みを企んでいる怪盗だなんて微塵も感じさせず、何食わぬ顔で薬師として振る舞っている。

「レイヴィン先生、わたくし……不安なんです。ちゃんと周りの期待する歌姫として、舞台に立てるのかしらって」

長い髪の毛先を指で弄びながら、セラフィーナは心細そうに気持ちを打ち明ける。

アンジュはレイヴィンに大人しく憑依し、その空間に同席していた。

「大丈夫。セラフィーナ姫が元気な姿を見せれば、それだけで周りは喜ぶだろうから」

「ほ、本当に、そう思いますか？」

「ああ。セラフィーナ姫は国一番の歌姫なんだ。胸を張っていたらいい」

「そう、よね」

レイヴィンの言葉で自信が付いたのか、セラフィーナの表情が少し明るくなる。

『セラフィーナ姫には、意地悪なことを言ってからかったりしないんですね』

二人のやり取りをずっと見ていたアンジュは、自分との扱いの差に思わず呟く。

『当然だろ』

即答された。どうせ続く言葉は「お前と違って彼女は大切な女性なんだ」とかだろう。

『別にいいですけどね……』

ここでセラフィーナと張り合っても、なんの意味もないし……。

『……素の俺を見られるのは、アンジュだけだよ』

『へっ⁉』

予想外の返答がきて変な声を上げてしまった。

『誰も知らない俺を、お前だけが知ってる。光栄だろ？』

『光栄って……自分で言いますかね、それ』

どうせ、またからかわれているだけだろうけど。それにまんまと乗せられて、毎回動揺してしまう単純な自分が恨めしい。

そんな風にアンジュの相手をしつつ、レイヴィンは涼しい顔をして、セラフィーナの対応もこなしているのだ。

悔しいけれど、器用ですごいと素直に感心もしてしまう。

「俺は、薬を処方するだけじゃなく、貴女の精神面もサポートするために呼ばれたんだ。だから、遠慮しないで。なにかあったら、いつでも呼んでほしい」

「レイヴィン先生、ありがとうございます」

セラフィーナの話を親身に聞きながら診療する姿は、彼の正体を知っているアンジュですら、騙されてしまいそうになるほど完璧だった。

むしろ昼間の彼の誠実そうな顔を見ると、怪盗だなんて質の悪い冗談なんじゃないかと思いたくなるぐらいに。

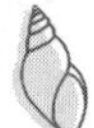

「さあ、狩りを始めるとするか」

夜になり黒装束に身を包んだレイヴィンは、盗みに入るという館の屋根から、地上を見下ろし口元に笑みを湛える。

「……レイヴィン様、なんだか昼間より活き活きしてません？」

「こっちが本職だからな」

昼間の人がよさそうな雰囲気とは一変した彼の色香に当てられて、アンジュは一瞬くらりとしたが、すぐ我に返って雑念を振り払う。

「ん？　どうかしたか？」

「べ、別に、なにも」

流し目のレイヴィンと視線が合い、アンジュは平静を装って誤魔化した。

(危ない、危ない。なにドキドキしてるの、私！)

思わず怪盗姿のレイヴィンに見惚れかけたなんて知られたら、また意地悪な顔でからかわれるに違いない。

「コホンッ……そろそろ、出陣しますか？」

気分を切り替え、アンジュはレイヴィンの隣に並ぶと地上を見下ろした。

ここは人里離れた林の中にポツンと佇む、緑のツタに壁を覆われた少し不気味な洋館。

闇オークションの会場になっているのだと、レイヴィンから事前に聞かされている。

「ストップ。潜入する前に、さっき話した内容のおさらいだ」

ちゃんと作戦を把握できているか、確認してくるレイヴィンに、アンジュは先ほど聞いた内容を反復する。

「レイヴィン様が、毒蛇の魔物が封印されている壺について探っている間に、私は会場から一番近い逃走経路を視察しておく、ですよね」

今回の獲物は『毒蛇の壺』と呼ばれる曰く付きの代物。そして今夜それが、この古びた館で行われている闇オークションに出品される。

詳しくは教えて貰えなかったがレイヴィンの目的は、その壺を盗むこと……ではなく、壺を落札しようとしている者の素性を探る所にあるらしい。

もちろん危険な壺が出回らないよう、しっかり回収もするようだが。

「私の役目は、逃走経路に見張りが何人いるか、余裕があれば、どんな武器を持っているか、罠はないか、調べることとです！」

「よし、上出来だ」

レイヴィンは、触れられないアンジュの頭を、ぽんっと撫でる仕草で褒めてくれる。こうやって彼は、亡霊だからとアンジュを、おざなりに扱ったりしない。

(私のこと、普通の女の子みたいに扱ってくれるのよね……)

だんだん実はいい人なのでは、なんて信用してしまいそうになるけれど。

(ダメダメ。レイヴィン様が、気を許していい相手なのか、まだわからないことだらけなんだから)

相手は百戦錬磨の怪盗だ。簡単に信用してはいけない。そう思うのに、なんだかんだ自分は、レイヴィンに絆され始めている気がする。

いいや。気がする、じゃなくって短期間で、どんどん手懐けられているから厄介だ。

「なんだよ、釈然としない顔して」

「べ、別に……子ども扱いしないでくださいって思っただけです」

本音を言うのは憚られ、アンジュはぷいっと横を向いて誤魔化した。

「……お前、子どもじゃないのか？　十歳ぐらいにしか見えないけどな」

「えっ、そうだったの⁉」

自分の感覚的には、もっと大人の女性であるつもりでいたのに。

だが衝撃を受けたアンジュを見てレイヴィンが笑う。またからかわれたようだ……。

そういえば、アンジュの外見を教えてくれた時に、年齢は成人したばかりぐらいじゃないかと、彼も言っていたじゃないか。

「もうっ！」

いちいち冗談を真に受けてしまう自分が嫌になる。

「ハハッ、緊張もほぐれたところで、そろそろ行くか」

確かに先ほどより緊張は解けたけども……。

「よろしくな、アンジュ」

レイヴィンが、一瞬で怪盗モードに切り替わったのが、その横顔から伝わってくる。

「こちらこそ……初仕事、がんばります」

だからアンジュも、拗ねた態度はここまでにしようと引っ込め、目の前のミッションに集中することにした。

これは、自分の記憶を取り戻すための、第一歩でもあるのだから。


「三人……四人……」

どうせ滅多にいない霊感体質の人にしか、自分の姿は見えないのだから、隠れる必要はないのだとわかってはいるのだが。アンジュは息を潜め廊下の曲がり角から、見張りの人数を確認していた。

レイヴィンが選んだ逃走経路は、スタッフしか立ち入れないエリアのようで、人通りは少ない。

見張りはオークション会場に繋がる扉の前に一人、外に出られる裏口のドア前に一人。

それから厳重に見張りを二人付けている部屋の中には、出品する物たちが保管されているらしい。

先ほどオークションが始まってからというもの、いかにもゴロツキっぽい風貌をしたスタッフたちが、忙しなくそれらを運ぶため出入りしている。

「乱暴に扱うなよ。傷なんてつけてみろ、ボスに殺されるぞ」

部屋から出てきた男が持っているのは、薄汚れた大きな壺だった。

「わかってる、おっと！」

壺を部屋から運び出した男が、見張りに注意されたそばから手を滑らせる。

ガツンといやな音がした。大きな壺を、台車の角にぶつけたらしい。

「底が欠けたんじゃねーか⁉」

「大丈夫だって、このぐらいバレないだろ」

「なにがバレないって？」

「ひぃ、ボス⁉」

下っ端たちとは違い、大人の風格を醸し出すスーツ姿の男が、壺をぶつけた部下の頭にゲンコツを落とした。

「イッテー……すみません」

「ふん、まあいい。本物でやったら殺してたところだが、それはレプリカだからな」

「へ？　そうだったんすか？」

「ああ、本物の毒蛇の壺は、既に貰い手が決まっている。裏口に小切手を持った男がやってきたらオレを呼べ。まあ、そのレプリカも、偽物だと見抜けないようなバカなコレクターが落札するだろうよ」

悪い笑みを浮かべるスーツの男のご機嫌を窺うように、へらへらとしながら下っ端が偽物の壺を会場の方へと運んでゆく。

（ど、毒蛇の壺って、レイヴィン様が盗み出そうとしている壺よね）

どうやって手に入れようとしているのかは不明だが、危険を冒して手にしたのがレプリカだったなんて笑えない。

だからアンジュは、慌ててレイヴィンのいる会場の方へ、向かったのだが――。

会場の客席を目の当たりにして固まった。

（レ、レイヴィン様はどこ～!?）

皆、仮面で顔を隠していたのだ。これは、とてもすぐに捜し出せる人数ではない。

（毒蛇の壺が出て来るのは、次か）

入手した出品リストを確認しながら、レイヴィンはオークション参加者たちに紛れるように、仮面をつけ客席に座っていた。

会場に飛び交うのは、一般市民には目が飛び出るような落札額。出てくる品々は、盗難された名画や骨董品が主なようだが、正規ルートでは入手出来ない危険な薬などもある。

皆、仮面で素顔を隠し素性の知れぬ者ばかりだ。その身形や振る舞いから察するに、裏社会で名を轟かせている大物や、黒い噂のある貴族など、様々な人間が集まっているのだろう。

「さあ、お待たせ致しました。続いては、出品番号〇二八『毒蛇の壺』です。村を一夜で全滅させた恐ろしい毒を持つ大蛇が封印されているとの曰く付きの品」

待っていたぞと数人が即座に札を上げ始める。

ついに来たかとレイヴィンも、落札しようとしている参加者たちへ意識を向けた。

この大陸で倫理的に許されていない力の宿った魔道具を、収集しているコレクターたちだろうが、レイヴィンの今回の狙いは彼らではない。

この中に一人だけ、収集ではなく毒蛇の壺を悪用するため、手に入れようとしている人物が紛れているはずだった。

そしてその人物は、必ず一番の高値を付けて壺を落札するだろう。

レイヴィンの狙いはその人物の尻尾を摑むこと。しかし……。

(本当にあれは本物か？)

今まで数々の曰く付きの品を目にしてきたレイヴィンには、そういう物たちが纏う、禍々しいオーラのようなものを感じることができた。

しかし、どうも壇上に置かれた毒蛇の壺から、そのような雰囲気を感じ取れないのだ。

ただの怪盗の勘でしかないが。

レイヴィンが違和感を覚えている間にも、落札額はどんどん競り上がってゆき、会場内は熱気に包まれている。だが、その時。

ピィ――――――！

「っ！」

耳に届いた指笛の音に、レイヴィンがすぐ反応する。

(アイツが呼んでる？)

辺りを見回すが、その音が聞こえているのは、自分だけのようだった。

普通の人には聞こえない指笛を鳴らす存在など、一人しか思いつかない。それも頭上からだ。

指笛が聞こえてきた辺りを見上げると、こちらの視線に気が付いたのか、宙を浮遊しながら客席を見渡していたアンジュと目が合う。

仮面を外さなくとも、こちらの正体が誰だか確信したように、彼女は顔を綻ばせ、もう一度指笛を鳴らして見せてきた。

「ピィ――♪」

初めて指笛が成功したのが嬉しかったのか、なんだか少し誇らしげなその顔が愛らしくて、思わずレイヴィンの口元にも笑みが浮かぶ。

最初は抵抗も感じていたようだったが、彼女はすっかり怪盗の協力者として、順応してくれているようだった。

「なるほど。やっぱりあれは偽物か」
その後、人気のない小部屋でレイヴィンと落ち合ったアンジュは、詳細を伝えた。

彼は焦ることもなく顎に手を当て、この先の展開を頭の中で組み直しているようだ。

「本物を受け取りに来る運び屋は、小切手を持ち、裏口からやって来ると言ってたんだな」

「はい」

「なら、先回りすればいい。行くぞ」

行くってどこへと確認する間もなくレイヴィンは行ってしまった。


館の裏口付近を見張れる高い木に登り、暫く様子を窺っていたレイヴィンは、館の方へと向かう、荷台を引く馬に乗った人影を見つけると軽やかに飛び降りる。

敷地内に入った人物は、馬から下りるとすぐに裏口の方へ向かおうとしていたが。

「おっと、ここから先は、招待状がなければ通すことはできないのですが」

そう言ってレイヴィンは男を足止めする。

「招待状だぁ？　こっちはアンタのとこのボスに用事があって来たんだ。通してもらう」

レイヴィンを館のスタッフだと思い込んだ男が、面倒くさそうに彼を押し退けようとしてきたが。

「困ります、不審者を通したとなれば、ボスに大目玉をくらってしまう。せめて、身体検査だけでもさせてもらわないと」

「チッ……早くしろ」

イラついた表情を浮かべながらも、両手を広げた男に「すみませんね」と声を掛けながら、レイヴィンは手際よくボディーチェックを済ませると「どうぞ」と道を開けた。

そのまま男を裏口の方へ行かせてしまう。

「良かったんですか？」

「ああ、第一ミッション完了だ」

きょとんとするアンジュの目の前に、レイヴィンは小切手を一枚見せてきた。

「それって、まさか……」

「あの男が持っていた小切手。偽物とすり替えておいた」

「えぇ!?」

そうとは気付かずに男は、先ほどボスと呼ばれていた男を呼び出し、やり取りをしている。

何やら言葉を交わした後、男は小切手を、ボスは毒蛇の壺が入っていると思われる木箱を、物々交換した。

「レイヴィン様の真の狙いは、壺じゃなくて小切手の方だったんですか？」

「いや、けど小切手があれば振出人を調べられるだろ。毒蛇の壺を手に入れようとしている黒幕に繋がる証拠になる」

「なるほど」

つまり壺を取りに来たあの男は、レイヴィンの見立てでは、ただ金で雇われた運び屋で、悪用を目論む黒幕は他にいるということなのだろう。

そうこうしているうちに、木箱を受け取った男が取引を終え、荷馬車の方へと戻って来た。

「今から少し手荒なことをする。ここで待っててもいいぞ」

「て、手荒って？」

そう言われ少し尻込みしたが、協力すると約束した以上、最後まで見届けなくてはいけない気がして、アンジュもすぐに後を追いかける。

「グハッ⁉」

だが瞬きをしている間に、レイヴィンは後ろに回り込み、運び屋を伸してしまった。

（瞬殺……）

そして躊躇なく意識を失った男の持ち物を調べだす。

「やっぱりコイツはただの使いっ走りだな。詳しいことは知らなそうだが……運び先はこの国の軍事基地か」

男が懐に入れていた地図を見つけレイヴィンが呟く。その後、荷台に載せられた木箱の蓋を開け、壺を確認した。

「正真正銘、毒蛇の壺だな」

鑑定を終えると、レイヴィンは壺を木箱に仕舞い、ついでに倒れたままの男も荷台に乗せてしまった。

「その人は、どうするんですか？」

「壺と一緒に、とりあえず近くの支部に届ける。使いっ走りとはいえ、証言ぐらい取れるだろ」

「そうですか」

このまま海に沈めるつもりとか、物騒なことを言われたらどうしようかと思ったが、とりあえず命を奪うことはなさそうだ。

その後、ウェアシス国の外れにひっそりと佇む、協会支部という場所に壺と男を引き渡し、本日の任務は終了したのだった。

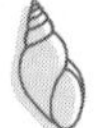

すっかり夜も更け城へ戻るのかと思いきや、レイヴィンに寄り道しないかと誘われて、アンジュは頷く。
亡霊は眠る必要がない。だからアンジュにとって夜は長い。一人で過ごすより、良い時

間潰しになりそうだと思ったのだ。

「ここはウェアシス国の港？」

祭りのため露店が多く並ぶその場所は、昼間活気に溢れていたようだが、さすがにこの時間になると無人となり静けさに包まれている。

「どこまで行くんですか？」

尋ねると、ようやくレイヴィンは足を止めた。

そこには砂浜と、凪いだ海が広がっていた。砂浜の先には海の方へ延びる石垣の道があり、その上に乳白色の高い灯台が建っている。

「灯台の下見に来た」

レイヴィンは、懐から取り出した針金で簡単に扉の施錠を外すと、入り口に掛けられていたランプを手に取り、螺旋状に伸びる階段を照らしながら上りだす。

「下見ってなんのですか？」

「二日後、歌姫が水の精霊に歌を捧げる儀式があるだろ」

「そうらしいですね」

「歌姫に用意されたステージが、この灯台の見晴らし台だ」

長い階段の先にあった重たいドアを押し開けると、そこに広がっていたのは大きな月を映した夜の海。

「キレイ……」

灯台の天辺には、昼間に太陽の光を吸収し、夜になると光を放ち道標となる石がある。

その石が海を照らし、キラキラと光を反射する水面はとても幻想的だった。

二人で見晴らし台をぐるりと一周すると、水平線の広がる海を眺め、並んで遠くを見つめる。

「砂浜には観客、反対側は海……攫いがいがあるな」

「まさか、皆の前で歌姫様を攫うおつもりですか⁉」

「ああ」

駆け落ちするなら、夜にこっそりと城を抜け出す方が良いに決まっているのに。

(なぜ、わざわざそんな危険を冒すの？)

「……昼間のセラフィーナ姫は、この舞台で歌うことで、頭がいっぱいのようでしたけど」

一言も駆け落ちが成功するかなんて不安は、口にしていなかった。

「あいつは何も知らない。俺のことはただの薬師だと思っているだろうしな」

「えぇっ⁉　それってつまり、なにも知らないセラフィーナ姫を、突然攫うおつもりですか⁉」

やはりレイヴィンは駆け落ちじゃなく、正真正銘の人攫いをするつもりなんじゃ……。

「それは違う。セラフィーナに俺の気持ちは伝えてある」

「そ、そうですか」

ならば駆け落ちの約束はしているけれど、こんな派手に攫われることを彼女は知らない
……ということだろうか。

いまいち二人の関係性が、よくわからない。どこまで自分が踏み込んでいいのかも。

「あの……やっぱり、ここから攫うのは、いくらなんでも考え直したほうが」

「いや、それぐらいしないとセラフィーナの枷はきっとはずれないから」

「枷？」

「どうせやるなら、すべてのしがらみを、ぶち壊すぐらいのことをしないとな。今日のことも全部、その下準備に過ぎない」

「？？？」

よくわからなかったが、これ以上なにか言うのはやめた。

彼はこうと決めた信念を、簡単に曲げるような人ではないだろう。そんな意志の強さと、なにかからセラフィーナを救おうとしているような、そんな想いを感じるから。

「本当に好きなんですね。歌姫様のこと」

「それは……」

レイヴィンは一瞬なにか言い掛けて、けれどその続きを口にするのをやめてしまう。

「今さら隠さなくても。バレバレですよ」

「俺は怪盗だ。そう簡単に本心は晒さない」

そう言って笑う彼の目が、少しだけ切なさを堪えているように見えたけれど、その理由がアンジュにはわからなくて……なぜか自分まで胸が苦しくなった。

「お前が望むなら、お前にだけは見せてもいいけどな」

「なっ!?」

アンジュの反応を見て、レイヴィンは調子を取り戻したように、ニヤリと意地悪な笑みを浮かべる。

「またそんな風に軽々しく、すけこましみたいなことを言うんだから」

「本気って言ったらどうする?」

「絶対ウソ！　目が笑ってるもの！」

からかわれているだけだとわかっているのに、妙に人を惹きつける彼のミステリアスな雰囲気に呑まれ、みるみる頬が赤くなってゆくのが自分でわかる。

それに耐えられなくなったアンジュは、誤魔化すように視線を逸らした。

「じゃ、じゃあ……レイヴィン様のこと、もっと教えてください」

「ん?」

「どうして、レイヴィン様は怪盗になったのか、とか」

今日の仕事ぶりを間近で見ても、やはり怪盗という職業は危険と隣り合わせだ。

その上レイヴィンは、高価な宝を私利私欲で手に入れるため、盗みをしている訳ではない。なにが彼を突き動かしているのか、それを知れば彼の本音に少しは近づける気がした。

「前にも話したけど、俺はとある協会に所属する怪盗だ。その組織は主に禁術が世に出回らないよう魔道具を回収したり、禁術使いを征伐したり大陸を裏で取り締まっている」

禁術とは、基本的に曰く付きの道具に宿っている危険な力で、その道具に魅入られ使う者を禁術使いと呼ぶらしい。

「禁術ってたとえば、どんな力のことを指すんですか？」

「大雑把に説明すると、命、魂、精神、時の流れ、この四つに干渉すること。後は魔物を召喚したり従えたり、だな」

それらは、精霊の加護の下自然の力を扱う魔術とは違い、人の世の理を外れた危険な力と定義されているから。

「俺は……禁術使いを、この世から殲滅するため、協会に所属することを決めたんだ」

「殲滅……」

そう言ったレイヴィンの表情や声音が、あまりにも冷たいものだったため、アンジュの背筋までひやりとした。

確かに禁術使いとは、この大陸にとって、悪にしかならない存在なのかもしれないけれど。

「だから、誰に後ろ指さされようと、俺にとってこの仕事は天職だ」

「レイヴィン様は、禁術使いを憎んでいるの？」

「ああ……昔、禁術使いに家族を殺されたんだ」

「っ！」

踏み込んだことを聞きすぎてしまっただろうか。でも、レイヴィンは表情を変えることなく、淡々と話してくれた。

「禁術に魅せられた奴らは、人の心を失い力に溺れる。残虐非道なことも平気でする。まるで悪魔のような存在だ。だから、奴らを殲滅させることだけ考えて生きてきた。今までは」

遠くを見ていたレイヴィンの視線が、アンジュの方を向く。すると過去を語っていた時の冷たい眼差しが、少しだけ和らいだ気がした。

「でも、とある女との出会いが、俺を変えた」

彼はなぜか名前をぼかしているけれど、それはセラフィーナのことじゃないのか。

「禁術を使う能力があるばかりに、悩み苦しむ奴もいる……それなのに能力だけを見て悪としてしまっていいのか、消していいのか、その出会いで初めて俺の中の正義が揺らいだ」

(復讐に全てを捧げていたレイヴィン様を、セラフィーナ姫が変えたってこと？)

だからレイヴィンにとって彼女は特別な存在なのか。

どんな経緯でそう思ったのか、少し気になる所ではあったが、ここから先は二人だけの秘密なのかもしれない。だからあえて追及しないことにした。

それに彼の想いは、今の話で十分に伝わってきたから。

「とはいえ、これからも禁術に魅せられ、人の心を失った奴らには容赦しない。というわけで、明日からも協力よろしくな」

最初は怪盗の手伝いなんて、犯罪の片棒を担ぐようで抵抗しかなかったけれど。

「はい。私も誰かを苦しめるような悪い禁術使いには、容赦しません！」

彼の生い立ちや志を聞いた今、アンジュの中で素直に協力したいという気持ちが芽生え始めていた。

灯台の下見をした翌日。
日の光を遮断した薄暗い城の一室で、アンジュとレイヴィンは向き合い、作戦会議を開いていた。
「セラフィーナを攫うのは、明日に迫った豊漁祭最終日の夜だ。でも、その前に……できれば今日中に探し出したい魔道具がある」

レイヴィンの次の狙いは『魂の杖』という禁術の宿った杖だと言う。

「なにか、手掛かりはあるんですか？」

昨日の毒蛇の壺のように、物の在りかさえわかっていれば、今日中に手に入れることもできそうだが。

「まだ確証はない。けど俺の予想では、この城に杖を持っていそうな候補が三人いる」

「このお城に!?」

城の中に禁術使いが潜んでいるということだろうか。

「ち、ちなみに、その候補というのは？」

「まず、国王ジョザイア。それから、この国の姫である――」

まさか、セラフィーナも疑わしい人物に含まれている？

だがレイヴィンがその名を口にする前に、部屋のドアがノックされ話は中断した。

「レイヴィン先生、いますか？」

涙声のセラフィーナが返事も待たず部屋に入ってきたので、レイヴィンは咄嗟にアンジュを背に隠すように動く。

「先生、わたくしっ」

「どうしたんだ？」

泣きながらレイヴィンの胸に飛び込んで来たセラフィーナを尻目に、念の為アンジュは身を潜める場所を探したのだが。

「実は……え？」

「っ！」

レイヴィンの胸から顔を上げたセラフィーナと、目が合った気がして、暫し二人はそのまま固まる。

「ひっ……な、なんで!? なんで、こんなところに!?」

（セラフィーナ姫は、私が見えるの？）

運が悪いことに、彼女は滅多にいないと言われていた霊感体質のようだ。

幽霊を見て驚いたのか、レイヴィンの腕にしがみ付き怯えた声を上げている。

「どうしたんだ、セラフィーナ姫」

レイヴィンは少しも動じることなく、怯えるセラフィーナの姿に首を傾げた。

アンジュは今さら隠れることもできず、オロオロとするばかりだ。

「だって、そこに、そこにっ」

震える指先でセラフィーナがアンジュを指す。

だがセラフィーナの指先に視線を向けたレイヴィンは、いたって冷静なまま、アンジュが見えないという態度を貫くようだ。

「どうかしたのか？　壁を指さしたりして」

「壁？　違います！」

「いったいなにが見えるんだ？」

セラフィーナの肩を掴み、自分の方を向かせレイヴィンが問うと、彼女はしばらく歯をガチガチと鳴らしていたが、一呼吸置いて気持ちを落ち着かせたようだった。

「……レイヴィン先生には、なにも見えていないのですか？」

「ああ。だから、貴女がなにを見てそんなに怯えているのか、わかってあげることもできない。そんな自分が歯痒いよ」

レイヴィンは、彼女の視界を遮るようにセラフィーナを抱きしめた。

アンジュは、なぜかそんな二人を見ていられなくて、目を逸らしそうになったが、そこでレイヴィンと目が合う。

『今の隙に隠れろ』

彼はアンジュにだけわかるように、口の動きでそう伝えてきた。

とはいえ、もはや隠れても捜されて見つけられたら終わりだ。

やむを得ずアンジュは、ドアをすり抜け部屋を飛び出したのだった。

「部屋を出たはいいけれど、行く当てもないし……」

アンジュは城の廊下を浮遊していた。ウロウロ、ウロウロ、廊下を行ったり来たり。

廊下には窓がいくつも並んでいたが、今日は曇り空だったので強い日の光は差し込んでこない。そのおかげで魂が焼けることはなかったが、あまり遠くに行くと、レイヴィンを心配させてしまいそうだし、どうしよう。

「ねえ、最近ローズ王女のお姿がないけど、ご病気なのかしら」

メイド二人が、まっさらなシーツを運びながら、噂話をしてこちらに歩いてきた。

アンジュの姿は、見えていないようだ。

「あたしら下っ端には、詳しい事情を伏せているみたいだし。重病じゃないといいけど」

「セラフィーナ様も、ずっと元気がないようだしね。仲の良いご姉妹だから、心配……」

「もうしばらく経つけれど、セラフィーナ様が信頼を置いていたアレッシュ様も、ご病気で城を離れてしまったでしょう？　あれから、セラフィーナ様は声が出なくなってしまって……ようやく声を取り戻したばかりなのに。なにもないといいわね」

「……もし、もしもだけど、ローズ王女がいなくなってしまったら、セラフィーナ様が次期女王に？」

「まさか。王位継承権一位はローズ王女から王弟殿下へ移るでしょ。だって、養女であるセラフィーナ様に、王位継承権は与えられていないもの」

「正直、セラフィーナ様が女王になったこの国を、見てみたい気もするけれど……まだローズ王女が重病って決まったわけでもないんだから、こんな話やめた方がいいわね」

「そうね。暗い噂話はやめて、どうせなら楽しい噂話をしましょう」

「楽しい噂？」

「今をときめく怪盗S様の話なんてどう。どうやら相当の美青年らしいわよ」

「え〜、あたしは渋いダンディなおじ様って聞いたわ。このお城にも盗みに来ないかしら」

キャッキャと楽しそうに笑いながら、メイド二人はアンジュをすり抜けて行った。

彼女たちの反応を見るに、その正体が薬師のレイヴィンだなんて知れたら大事だ。

「それにしても……どうしてセラフィーナ姫は、泣いていたんだろう」

メイドたちの噂話と、先ほどのセラフィーナの様子を思い浮かべ、アンジュはなにか良くないことが、この城で起きている予感に胸がざわつく。

（このお城のどこかに、禁術の宿る杖があるかもしれない。そして、それを持っているのは——）

レイヴィンが挙げた候補を思い出す。

（セラフィーナ姫のことは、きっとレイヴィン様に任せた方がいいから）

自分は、国王ジョザイアの身辺を調べてみよう。

広くて迷路みたいな城なので、ジョザイアの部屋を見つけられるかという心配もあったが、ベッドメイキング中のメイドの後をつけてゆくと、運よく王の寝室に辿り着いた。

部屋の主は不在のようだったが、メイドたちは手際よく清掃を終え、まだ別の部屋の清掃が残っているのか、さっさと部屋から出て行く。

「ここが国王陛下の寝室ね」

見渡してみるが、杖のようなものは見当たらない。

(そんな簡単に見つかるわけないか)

たとえジョザイアが杖を所有しているのだとして、禁術の宿った危険な魔道具を、寝室に剝き出しで置いておくはずがない。

それでもなにか手掛かりはないかと、アンジュは隅々まで部屋を見て回る。

先日のパーティーや、馬車から見たこの国の中心街の印象から、派手好きな王なのかと思っていたが、寝室の調度品はそこまで豪奢な作りじゃない。

ここはただ寝る為だけに用意した部屋なのかもしれない。

暫くして、ふと部屋の隅に置かれた、簡素な木製の本棚に違和感を覚え立ち止まる。

「…………」

見た所、なんの変哲もない本棚でしかない。そこに並べられている書籍もだ。

けれど、なぜかその奥から呼ばれているような気がして、手を伸ばした瞬間――。

「きゃ⁉」

アンジュは本棚の中へと引き込まれたのだった。

「ここ、は？」

驚きを隠せぬまま辺りを見回す。

どうやら本棚を抜け、隣の部屋に入り込んでしまったようだが、そこは普通の一室ではなかった。

煌びやかな財宝がこれでもかというほど保管されている。どうやら本棚の裏に隠されていた、ジョザイアの隠し部屋のようだ。

絵画や骨董品、宝石がちりばめられた王冠など、高価なものを統一性なく掻き集めたようなコレクションの中で、アンジュはひっそりと棚に置かれていた、淡い青色の綺麗な巻貝に目がいった。

近付くと不思議なことに、その貝殻から懐かしい旋律が聞こえてくる。

「このメロディ……」

それは記憶を失った自分が唯一覚えていた、あの歌と同じ旋律だった。

自分はこの貝殻に呼ばれこの部屋に吸い込まれた、そんな気がする。

それと同時に、ドキドキとした胸騒ぎを覚え、恐る恐るその貝殻へと手を伸ばした。

「っ！」

ビリッと、電流のような痛みが指先から身体に広がってゆく。

それだけじゃない。数々の場面が乱雑に脳裏へと流れ込んできた。

「なに……っ」

『なぜ、――のことを知ってもなお、お前は――のを止めない』

聞き覚えのある、良く知る人物の声が頭の中に響く。

『お前を禁術使いと見做し、粛清する』

冷たい目をした誰かが、なんの躊躇いもなくこちらに剣先を向けてきた。

「あ……」

小さな吐息のような声を震わせ、アンジュは眩暈からその場に蹲る。

「なんで……」

蘇った記憶の中の冷たい目をしたその人は、紛れもなくレイヴィンだった。

三章　二人の追憶Ⅰ

戦場の歌姫、セラフィーナ。

彼女が戦場で歌えば、その戦の勝率は百パーセントという噂から、いつしかそう呼ばれ、戦場へ向かう前に彼女の歌を聴くことを、兵士たちは縁起が良いと喜ぶ。

その日も、戦の前に兵士たちが集められ、彼女は特設の小さな舞台に上がり歌っていた。

今にも雨が降りそうな天気の中、風に亜麻色の長髪を煽られながらも、凛とした佇まいで歌う彼女は、歌姫の名に恥じない歌声と美貌の持ち主だった。

(あれが噂の勝利の女神、か)

協会からの任務により、兵士に紛れ込んでいたレイヴィンも、彼女の歌声を聴き周りに馴染むよう同じように拍手を送る。

一曲歌い終えたセラフィーナは、一礼すると舞台袖へとはけて行った。

その時はまだレイヴィンも、これから起こる異変に気付いていなかった……。

「血だ、血だっ！」

「もっと浴びせろ、貴様らの血を!!」

　戦場にて戦いが始まると、兵士たちはなにかのスイッチでも押されたように人格を変え、血に飢えた獣みたいに敵兵を襲い始めた。

　いつの間にか降り始めた雨は、血と混ざりあい地面をぬかるませる。

　雷に照らされた泥と血飛沫に汚れた兵士たちの目つきは皆、レイヴィンの目には異常に映った。

　それは人間同士の戦いとは言い難い、地獄絵図のような光景。

「ゆ、許してください、許しっ、グハッ」

（もはや化け物だな）

「ヒャハハハハハハハ」

　もう戦う意思のない敵兵を、ズタズタに斬り裂き高笑いしている者までいる。

（これが、勝率百％の歌姫の秘密か）

　一人だけ正気を保っているレイヴィンは、彼女が歌っている間、特殊なお守りのブレスレットを身に着けていたことで難を逃れた。

そのブレスレットは、彼女が歌い終えた頃には砕け散っていたのだが……そこからも、彼女が歌声に宿す力に、相当の威力があることを窺わせる。

禁術に耐性のあるレイヴィンでも、お守りがなければ危なかったかもしれない。

戦場に出た兵士たちは全員、精力を使い果たし意識が途切れるまで、人を襲うことを止めない化け物のようになっていた。

流石はかつて皇帝にすら恐れられていたと聞く、人を惑わす歌妖術。

「あの女は、勝利を呼ぶ歌姫なんかじゃない。恐ろしい禁術使いだ」

目の前の戦慄するような光景が、それを物語っている。

その出来事がきっかけとなり、レイヴィンの中でセラフィーナという歌姫は、危険分子と見做されたのだった。

セラフィーナが楽しげに歌うと小鳥たちが集まり、鈍色だった空から太陽が顔を出す。
「セラフィーナ様のお歌大好き！」
そんな彼女の周りに、子どもたちも集まりだした。
今日はセラフィーナも楽しみにしている、月に一度の養護施設へ顔を出す日。

食料や洋服などの物資を届けると、子どもたちはいつも嬉しそうに感謝の言葉を伝えてくれる。

「ありがとう、セラフィーナ様」

「わぁ、クッキーもたくさん！　嬉しい!!」

「ふふ、この贈り物はね、全部ローズ王女が用意してくれたものなのよ」

「誰それ、知らな〜い」

「こら、王女様に向かってなんてことを言うの!?」

シスターが青い顔をして子どもの口を塞ぐのを、セラフィーナは苦笑いを浮かべながら聞き流した。

ローズとは、この国の第一王女の名前だったが、彼女は養護施設に顔を出したこともないため、まだ幼い子どもたちが理解できなくても仕方ない。

「ローズ王女はね、とても優しくて聡明な人なの。いつも皆が不自由のない生活を送れるように、考えてくれているのよ」

「ふーん……でも、あたしはいつも遊びに来てくれるから、セラフィーナ様の方が好き！」

「おれも！」

子どもたちが無邪気に笑って、ぎゅうぎゅうとセラフィーナに抱きついてくる。

「ありがとう。私も皆が大好きよ。でも、そんなこと言わないで。いつかローズ王女が皆に会いに来たら、彼女とも仲良くしてほしいな」

自分を慕ってくれるのは嬉しいけれど、子どもたちのことを陰ながら気に掛けているローズの気持ちも知っているので、セラフィーナには少し複雑な思いがあった。

「いいよ！　会いに来てくれたら、一緒に遊んであげる！」

「そうだよ！　セラフィーナ様が、王女様も連れて来てくれたらいいのに！」

「そうね。今日も、一緒に来られたらよかったんだけど……」

きっと、この子たちもローズと会えば、彼女の優しい人柄を好きになってくれるはず。

問題は、肝心のローズが、それに乗り気でないことだった。

「皆、ローズからの贈り物をとても喜んでいたわ」

「そう、よかった。シスターたちは、なにか言っていなかった？　足りないものとか、困ったこととか」

「問題はなさそうよ。養護施設の運営費を横領してた院長も、ローズのお蔭で追い出せたって、すっごく感謝していたわ」

「そんな、わたくしなんて大したことしてないのに……」

城に戻り真っ先にローズの部屋へ向かい報告すると、彼女も控えめな笑みを浮かべ喜んでくれた。

「ねえローズ、来月は一緒に養護施設に行ってみない？」

「え……」

途端にローズの表情が強張ってしまう。

いつも国民を気に掛け、裏で父王にも掛け合い、慈善活動に力を入れているローズだったが、如何せん人見知りが激しい所があるのだ。

「大丈夫、皆いい子たちだから。シスターも、直接ローズにお礼を伝えたいって言っていたし。貴女が顔を見せてくれたら喜ぶと思うの」

「でも……やっぱり、遠慮するわ」

編み込みで一つに纏めた髪の毛先を指でいじりながら、伏し目がちにローズが答える。

「……じゃあ、今日の慰労会は一緒に出てみない？」

今夜は、先日の戦で勝利を収めた兵士たちを、労う会が行われる予定だった。

割とフランクな集まりで入退場も自由なため、ローズも参加しやすいんじゃないかと思ったのだけれど。

「……やめておこうかしら」

「なんで？」

「……わたくしなんかいたって、セラフィーナの引き立て役にしかならないもの」

ローズは俯きボソボソとなにか呟いたが、早口でセラフィーナには聞き取れなかった。

「ローズ？」

「ほ、ほらっ、人が多い場所って、幽霊が寄って来やすいじゃない？　また、なにか見えてしまったら怖いし……」

昔からローズは、見えないものが見える体質のようだった。

子どもの頃は、誰もいない部屋の隅を見て怯えたり、公務で訪れた先の古城に住みつくなにかを見て卒倒したり。

セラフィーナには霊感がないので、わかってあげられないのだが、その体質故の苦労もあるのだろう。だから余計に、彼女は安全な部屋に籠りがちなのかもしれない。

「今日は、体調もあまりよくないの。だから、夜は早めに休みたいわ」

「そっか、それじゃあ仕方ないね。ゆっくり休んで」

「ええ、ありがとう」

セラフィーナが心配そうに気遣うと、ローズはまた控えめに微笑み頷く。

(無理強いはできないけれど……ローズがもっと自分に自信を持って、人前に出られるようになれればいいのにな)

セラフィーナにとってローズは義理の姉でもあったが、姉妹というよりは、幼馴染で親友のような存在だった。

だからこそ、国民をいつも思い陰ながら人々を支えている彼女を、頼りないだの陰気だの、陰で悪く言う者たちを見るたびに、なにも知らないくせにと言いたくなる。

もっと彼女の理解者が増えてくれることを願っているのだが、内気なローズを公の場に連れ出すことも出来ず歯痒いばかりだ。

セラフィーナがウェアシス国の王室に引き取られたのは、もう十年ほど前のことになる。

幼い頃、生まれ育った里を襲われ家族を失った彼女は、両親の知人がいた旅芸人一座に引き取られた。だが、そこでも紆余曲折があり一座は散り散りに。その後、その知人は他界。

残されたのは知人の息子で兄妹のように育ったアレッシュと自分、そして育ての親が残した多額の借金だけ。

途方に暮れていた所を、借金の肩代わりをして養女に迎え入れてくれたのが、ウェアシス国の王ジョザイアだったのだ。王は、セラフィーナを保護する見返りとして、彼女にこの国の歌姫であることを望んだ。

だからセラフィーナは、その意味も教えられないまま、古い楽譜の曲を覚えさせられる毎日にも従った。

拒否権などないから。

養女となることを受け入れる際、セラフィーナが子どもながらに出した条件はただ一つ。兄のように慕うアレッシュも、共に引き取ってもらうこと。

その願いも聞き入れてもらった恩義から、刃向かうなど許される立場ではない。

たとえジョザイアの思想や言動に、違和感や不信感を抱いていても……。

やがてセラフィーナに、その歌声を人前で披露する機会が訪れる。戦場に向かう兵士たちへの景気づけのため、歌うようジョザイアに命じられたのだ。

自分の歌で少しでも彼らを元気付けられるならと、セラフィーナは心を籠め歌った。

後から聞いた話によると、その時の戦いは、ウェアシスの領土を狙う敵国が仕掛けてきた、不意打ちの負け戦だったが、まるで奇跡のようにウェアシス側が勝利したらしい。

それをきっかけにセラフィーナが歌うとウェアシス国が勝利する、彼女の歌声は勝利を呼ぶのだという噂が、徐々に広まっていった。

実際セラフィーナが歌うと、ウェアシスの兵士たちが負けることはなかった。セラフィーナは、役に立てるのが嬉しくて歌い続けた。

それから数年が経ち、十七歳になった今でも、戦場の歌姫という役目を続けている。

予定通り慰労会に参加していたセラフィーナは、一通り重要人物への挨拶も済ませ、少し気疲れしてしまったので、こっそりと会場を抜け出し中庭の端で一人涼んでいた。

「セラフィーナ姫、少々お話よろしいでしょうか」

そこで知らない青年に話し掛けられ驚く。だが、ここにいるということは、慰労会に参加している兵士なのだろう。

「なにか私にご用ですか？」

「自分は先日、戦場へ向かった兵士です」

彼の瞳は、まるで紫水晶のように美しかったけれど、セラフィーナを見るその眼差しの奥にある冷たさに、居心地の悪さを感じる。

理由はわからなかったが、自分は見知らぬこの人に、あまり良い印象を持たれていないようだ。

「単刀直入に申し上げます。貴女はいつも、その歌声で兵士たちを惑わせているのですか？」

「え？」

青年にそう聞かれ最初は意味がわからなかった。そんなセラフィーナに彼は続ける。

貴女の歌を聴いてから戦うと、聴いた者たちは力が漲り、怖いものがなくなるようだと。それだけじゃない。痛みさえ快感となり、己の死さえも恐れない興奮状態が続き、生き血を求め、周りにいる者が動かなくなるまで暴れるのだと。

「次に目覚めると戦場での記憶は皆曖昧で、そのことを気に留めている者もいないようですが……自分はこの目で見たのです。恐ろしいあの光景を」

彼は今回戦場に出る前、所用でセラフィーナの歌を聴かなかったため、一人惑わされない状態で戦場での惨劇を目の当たりにしたのだと言う。

「あの光景は、まさに地獄絵図……その異様さに自分は違和感を覚え、貴女の歌妖の一族としての力が、影響しているのではないかと考えたのです」

「っ！」

確かに自分は歌妖の血を引いている。

だから、自分の歌が勝利を呼ぶと皆が言うなら、それは一族の力が作用しているのかもしれないと、漠然と感じてはいたけれど……正直、景気づけ程度にしか思っていなかった。

（あの歌に、そんな恐ろしい効力が？）

一族の歌は通常、親から子へ直接教えられてゆくもの。けれど、両親を早くに亡くしたセラフィーナは、自分の持つ力に対しての認識が浅かったのだ。

まさか、人格をそこまで変えてしまえる程の力が、自分にあるなんて……。

（どうして、今まで気付けなかったんだろう）

たとえ親から教わった歌ではなかったとしても、もしなんらかの方法で、数多にあった一族の歌の内一部の曲でも楽譜が残され、世に出回っていたのだとすれば。

（私はそれを歌わせられていたの？）

「もし貴女が歌妖術をお使いなら、貴女の歌声一つで兵士たちは殺人兵器にされてしまう。己の意思も奪われ、目の前の者を抹殺する傀儡に」

それは人道に外れた行いだ、と彼は淡々と事実を告げた。

「ごめんなさい……私、なにも知らなくて」

無知は罪深いものだとどこかで聞いたことがある。自分は今まで、まさにそんな存在だったのだと血の気が引いた。

「私に少し時間をください。真実を知るため確かめてみます」

「……わかりました」

「セラフィーナ、そっちにいるの？」

一緒に慰労会に参加していたアレッシュが、姿の見えないセラフィーナを捜しこちらにやって来る。

「それでは……今日の所は、失礼します」

青年はアレッシュと鉢合わせになることなく、闇の中へと姿を暗ませた。

（……あら？　あの人は、慰労会の参加者じゃなかったの？）

会場とは逆方向へいなくなった青年に、首を傾げていると。

「やっと見つけた」

入れ替わるようにアレッシュが現れた。慌ててこちらに駆け寄ったせいでズレた眼鏡を直しながら、呼吸を整えている。

「危ないから、一人で会場を抜け出しちゃダメだよ」

「ごめんなさい。少し外の空気が吸いたくなって」

「大丈夫？　疲れたなら、早めに帰らせてもらおうか」

アレッシュは心配そうに若草色の目を細め、セラフィーナの顔色を窺う。

「うん。少しだけ、疲れちゃったみたい」

頷いたセラフィーナを見て、彼はすぐに馬車の手配をしてくれた。

いつもおっとりしていて、人が好さそうな雰囲気通り、少しお人好しで優しいアレッシュは、セラフィーナにとっての癒しだった。

帰りの馬車に揺られながら窓の外を眺め、セラフィーナは思いを巡らせる。

もし自分が歌わされていたのが、恐ろしい効力を持つ歌妖の歌だったのなら……その真実を聞くべき存在は一人しかいない。

そして——あの国王ならやりかねない。

「どうしたの？　思い詰めた顔してる」

ずっと黙り込んでいたセラフィーナを気遣うように、アレッシュが顔を覗き込んでくる。

「ううん、なんでもない」

「そう？　なにかあったら、話してね。ボクじゃ頼りないかもしれないけど……」

「そんなことないよ。ありがとう、お兄ちゃん」

「あ、セラフィーナにお兄ちゃんって呼んでもらったの、久しぶりで嬉しいな」

アレッシュに釣られ、セラフィーナの口元にも笑みが浮かぶ。

今の関係性は姫と従者だが、セラフィーナにとってアレッシュは、王家に来る前からずっと一緒に育った兄のような存在だ。

そんな彼の顔を見ているうちに、先ほどまでの張り詰めていた緊張が少し和らぎ、ジョザイアとちゃんと話そうと、冷静に心の中で決意したのだった。

「貴様は、なにを言っておるのだ！」

人払いをした謁見の間にてジョザイアの怒声が響き渡る。

歌の件で話を聞こうにも、多忙な王と謁見できる機会など中々ない。なので話があると伝えただけでは、いつになるかもわからないと思ったセラフィーナは、最初から本題をぶつけた。

もう人前で歌うつもりはありません。そうジョザイアに伝えるよう側近に言うと、次の日の夜にはその機会がやってきたのだ。

「歌うことをやめたいと申しているのです」

すぐに怒鳴るし権力でねじ伏せようとしてくる。国民の前では善人を装っている王のそんな本性を、幼い頃から嫌というほど見てきたセラフィーナは、怒鳴られたぐらいでは動じない。

「そんなこと許されると思っているのか！　国のために歌え、役に立て！　なんのために、貴様を養女に迎え入れたと思っている！」

ゲン担ぎの気持ちなら理解できるが、普通、歌で勝利を導けるなんて本気で信じたりはしないだろう。けれど、このジョザイアの怒りようは本気だった。我が国の勝利のために歌えと、セラフィーナの歌に異様に執着する姿。やはり……。

「陛下が私に歌わせていたのは、歌妖の一族に伝わる歌だったのですね。それも、人の精神によからぬ影響を与えるような……恐ろしい歌」

「なんだ。気付いたか」

ジョザイアは誤魔化すことなくあっさりと認めた。

(ああ……本当にそうだった……)

「貴様には悟られないよう、命じてあったというのに。誰だ、余計な入れ知恵をしたのは」

「自分で気付いただけです。あの歌は普通じゃないと」

このことを教えてくれた彼の身になにかあっては困るので、セラフィーナは平静を装ってそう答えた。

ジョザイアはますます忌々しそうにセラフィーナを睨みつける。

「ふんっ、それで怖気づいておるのか？　もう何年歌い続けてきた。そして、どれだけの数の兵士に、影響を与えてきたと思っている。良心が痛むとでも言いたいのなら今さらだ」

「っ……」

胸の奥が氷の塊でも押しつけられたように冷えて痛くて、現実から目を逸らしたくなる。

兵士たちの戦死全てが、自分のせいだなんて悲劇のヒロインぶるつもりはない。

彼らだって覚悟を持って戦地に赴く戦士だし、セラフィーナの歌を聴くと力が漲り怖いものがなくなるのだと喜ぶ者もいる。

けれどあの歌さえなければ、冷静に引き際を判断できた人がもっといたかもしれない。

そのことで、助かった命があったかもしれない。

「今さら嘆いたところで、貴様の罪は一生消えないのだ」

「それでも……知ってしまった以上、私は二度とあの歌はっ」

歌わない。そう宣言するのを制すように、ジョザイアの目が鋭く光る。

「貴様に選択権など与えた覚えはないわ」

「私は、陛下の操り人形じゃありません。兵士の方たちだって」

「兵士たちなど使い捨ての駒だ。代わりなど腐る程いる。そして、セラフィーナ。貴様も余には逆らえない身だろう？」

突然くつくつと笑いながら手を鳴らし、誰かを呼ぶジョザイアを見て、セラフィーナは警戒する。

自分が歌い続けると誓うまで、拷問でもされるのかと思ったが……ジョザイアが用意していた仕打ちは、セラフィーナにとって、もっとずっと恐ろしいものだった。

「陛下、お呼びでしょうか」

漆黒のローブを頭から被った怪しげな男と共に、状況が把握できず戸惑いの表情を浮かべたアレッシュが、謁見の間に現れた。

嫌な予感に、セラフィーナの表情が強張る。

「歌わないならそれでもよい。ただし……貴様の大事な従者の命は保証しないがな」

この男は魔王かなにかなのか。もはや人の血が通っているとは思えない。

いつもそうやって表情一つ変えずに、恐ろしいことを言ってくる。人の命の重みなど考えたこともないのだろう。こんな男が一国の王だなんて。

「アレッシュに手を出したら許さない」

「やれ」

セラフィーナの訴えに耳を貸すことなく、ジョザイアの一声でローブの男が怪しげに光る杖を翳した。

「な、なんだ、突然っ」

困惑するアレッシュの身体が、杖から伸びてきた触手のような光に捕らわれ、それはとぐろを巻くように、禍々しく彼を縛り上げる。

「グッ……あぁあっ！」

一本の光がアレッシュの胸を貫く。彼はその場に崩れ、事切れたように動かなくなった。

「いやっ、アレッシュ、目を開けてっ……お兄ちゃん！」

倒れた彼に駆け寄ったセラフィーナは、必死に何度も呼びかけたが反応はない。

「アレッシュに、なにをしたの！」

ローブ姿の男は、なにも言葉を発することはなく、ただ綺麗な光を閉じ込めた小瓶をセラフィーナの前にチラつかせてきた。

「それは……」

「ククッ、アレッシュの魂だ。貴様が従順になるというなら、いつか元に戻してやる」

セラフィーナは激しい怒りに指先を震わせ、ジョザイアを睨みつけたが。

「なんだ、その生意気な態度は」

「――でなし……人でなし！」

「黙れ」

「きゃっ」

セラフィーナの頬を打ち、ジョザイアは容赦のない一言を言い放つ。

「余に刃向かうなら、二度とアレッシュは元には戻らないと思え」

自分が拷問されるより余程、セラフィーナが苦しむ仕打ちを王は知っているのだ。

「っ……」

その一言でセラフィーナの心は折れてしまった。

（アレッシュを助ける為には、歌うしかないの？　これからも、恐ろしいあの歌を……）

それからセラフィーナにとっての苦痛の日々が始まった。

セラフィーナには結局、歌い続けるという選択肢しかなかった。

従者だったアレッシュは、身体を壊し今は城を出て、静養に専念していることになっている。ローズですら、ジョザイアがセラフィーナたちにした、非道な仕打ちを知らない。誰かにアレッシュのことを話しでもしたら、その相手の魂も抜き取るぞと脅されているためだ。

そしてセラフィーナは、それからも戦場で歌い続けた。

罪悪感に押しつぶされ、どんどん憔悴してゆく自分の心に鞭を打ちながら。

――あの女は、真実を知ってもなお、歌うことを止めなかったようだ。

とある日の夜。

ウェアシス国の外れに、ひっそりと構える酒場の地下にレイヴィンはいた。

そこは協会の者しか知らない、秘密の地下室。大陸の様々な場所に作られている、協会支部というやつだ。

レイヴィンは、そこでしか使えない特殊な通信石により、自分が調べた情報を包み隠さず、上司に報告した。

彼が潜入調査していた目的は、近年急速に力をつけ周りの国と争いの絶えない、ウェアシス国の内情を調べるためだ。

争いに禁術が使われていなければ、協会がそれ以上深入りすることもないのだが。

『なるほど。歌妖の力が戦争に使われるとは……恐ろしいね』

上司もこの事態を深刻に受け止めているようだった。

『わかっているね、レイヴィン君。その歌姫は、この世界を脅かす危険分子だ』

軽薄そうな口調が常の上司の声音が、低くなる。

こういう時、言い渡される任務はいつも一つ。

『歌姫、セラフィーナの暗殺任務をきみに言い渡す』

「はい」

協会に属する怪盗が奪うのは、物だけとは限らない。時には、禁術使いの命すら奪い取るのだ。

『まあ、ウチのエースの手に掛かれば、数日で片が付くでしょ？』

「善処します」

レイヴィンは平然と答え、通信石を切った。

この時はまだ、禁術使いの命を一つ消すことに、なんの躊躇いもなかったのだ。

幕間　記憶の欠片

　レイヴィンに剣先を向けられた記憶が過り、暫く蹲っていたアンジュは、なんとか呼吸を整え、ふらふらとしながらもジョザイアの隠し部屋を後にした。

（なんだったんだろう、さっきの場面は……）

　どうしてレイヴィンに、剣先を向けられていたのかはわからない。あれがいつの出来事なのかも。

　でも……紛れもなく、無くしていた自分の記憶の断片だった。

　自分は過去に、生きている時に、レイヴィンに会っていて、そして――。

（殺された……？）

　剣先を向けられた後の記憶は思い出せない。どうして、レイヴィンにそんなことをされたのかも。

　けれど彼が禁術使いを殲滅したいと言うぐらい、憎んでいることは知っている。

　ならば……。

（私は、生前……禁術使いだったの？）

そして、レイヴィンに殺された？

でも、それが真実なら、なぜ自分が殺した亡霊と、何も知らないフリをしてまで、レイヴィンは行動を共にしようとしていたのだろうか。

（私の記憶、取り戻す手伝いをしてくれるって、約束してくれたのも……全部嘘なの？）

過去のアンジュを知っていて、彼は黙っていたのなら、もうなにを信じていいのかわからない。

突然蘇ってしまった記憶の断片は、アンジュをただただ困惑させた。

アンジュを見て、取り乱したセラフィーナを落ち着かせたレイヴィンは、彼女を長椅子へと座らせる。

「気のせいだったのかしら……」

「気のせいって？」

「さっきの、幻のこと……あの子の幻を見るなんて、わたくし……」

まだ不安げな表情を浮かべながら、部屋を見渡すセラフィーナだったが、アンジュの姿が消えたことにより、錯覚だったのかもと思い始めたようだ。

「あの子って？」

わかっていながらも、何も知らないフリをして尋ねる。

「っ！　な、なんでもないの、なんでも……それより、わたくし、先生にお願いがあって」

決して名前は出さない『あの子』に怯えながらも、今のセラフィーナには、それ以上に気掛かりなことがあるようだ。

「なにか、魔力が増幅するようなお薬はないかしら。一時的にでもいいの」

「どうしてそんな薬を求めているんだ？」

ジョザイアも同じことをレイヴィンに頼んできた。今のセラフィーナは、歌姫としての力を発揮出来ない。せっかく美しい声を取り戻したのに。

そのことに酷く焦りがあるようだ。

「歌に力を籠められない歌姫なんて、なんの価値もないってお父様が……どうしてわたくしって、なにをやってもダメなのかしら」

「……歌の力を取り戻して、貴女は何がしたいんだ？」

「何って、戦場で歌いたいわ。わたくしが歌うことで、皆さんを勝利に導けるなんて光栄な役目だもの」

「そうか……だが、貴女の求めている薬は、残念ながら存在しない」

レイヴィンの言葉に絶望的な表情を浮かべながら、セラフィーナは力なく俯いた。

「ああ、でも一つだけ……薬じゃないけど、とある魔道具さえあれば」

「それはなに！」

「魂の杖」

「え……」

「あれがあれば、歌声の力を取り戻せるだろう。聞いたことないか？　そんな杖の存在を」

「杖……な、ないわ。魔道具なんて、見たこともない。そんなっ、そんな恐ろしい物！」

　レイヴィンはなにも言わず、ただセラフィーナの表情を観察していた。

　彼女はその視線に心の中までも暴かれてしまいそうな恐怖を感じたのか、慌てた様子で立ち上がる。

「話を聞いてくれてありがとう。わたくし、もう行かなくちゃ」

「そうか。また、なにかあったらいつでもおいで」

「……ええ」

　明らかな動揺を見せ、部屋を出て行ったセラフィーナを見送った後、レイヴィンも立ちあがった。

（一度、アイツの部屋もやさがししとくか）

魂の杖の所在を探るため、セラフィーナの部屋に忍び込むことにしたレイヴィンは、城の屋根を伝い彼女の部屋のバルコニーへ着地する。

この道を通るのも慣れたものだ。ここから、何度彼女に会いに行っただろう。

いつの間にかセラフィーナも、レイヴィンが来る前からバルコニーに出て「いらっしゃい」と、嬉しそうに迎え入れてくれるようになっていた。

一緒に過ごしたあの日々は、決して独りよがりの時間ではなかったとレイヴィンは思う。けれど、あまり弱音を吐けない彼女の心が、何に囚われているのか、自分はまだ解き明かせないままだ。

差し出したこの手を、彼女が取ってくれない理由を……。

(なんて……今は余計な想いに耽ってる場合じゃないな)

気持ちを切り替え窓越しに部屋の中を確認してみる。明かりは灯っているが人影はない。まだ戻って来ていないようだ。

難なく鍵を開けるとさっそく部屋の中を探す。

先ほどの彼女の反応から、魂の杖について知っているのは明白だ。だが彼女が持っている可能性は、低いかもしれない。それでも、なにか手掛かりを摑めれば。

「……ん？」

大きな天蓋付きのベッド脇には、サイドテーブルがあった。一番上の引き出しが鍵付きになっている。

常備している針金を使い、鍵を開けると。

「ハズレ、か……？」

鍵付きの引き出しの中から出て来たのは、またもや鍵付きの宝石箱だけ。

目的のモノが入る大きさではなかったが、二重に鍵を掛け大事そうに仕舞ってあることから、なにかあるのではと念のためこちらも開けてみる。

「なんだ、これは」

宝石のちりばめられた意匠の箱の中に入っていたのは、ジュエリーなどではなく……ウサギの指人形や面白い形をしているだけの石ころ。それから子どもが描いたのであろう似顔絵や、たどたどしい文字が並んだ手紙など。

恐らくだが、セラフィーナがたまに足を向けていた養護施設の、子どもたちから貰ったものだろう。

「フッ……あいつの宝箱ってやつか」

拍子抜けしたが、こんなものを宝石箱に入れておくギャップがセラフィーナらしいと、レイヴィンは一人吹き出した。

さすがに彼女の宝物を、これ以上勝手に物色するのは気が引けて、そっと箱をしまおうとしたのだけれど。

ひらりとなにかが床(ゆか)に落ちる。それは四つ葉のクローバーの押し花だった。

(あいつ……こんなものまで)

とある夜に、自分が彼女へ贈(おく)ったもののようだ。

こんな些細(ささい)なものを押し花にして、大切に持っていてくれたのかと思うと、柄(がら)にもなく愛(いと)しさで胸が熱くなる。

「セラフィーナ……」

誰(だれ)にも渡(わた)したくない。失いたくない。願わくはこの国から攫(さら)ってしまいたい。

そのために、自分が出来ることならば、なんでもしよう。

(……時間切れか)

ドアノブに手を掛ける音が聞こえる。一瞬(いっしゅん)、驚(おどろ)かせてもう一度彼女に鎌(かま)をかけてやろうかと思ったがやめる。

(今動くのは得策じゃないな)

慌てることなく宝石箱を元に戻したレイヴィンは、彼女に会うことはせず、バルコニーから部屋を出たのだった。


レイヴィンがセラフィーナの部屋から戻ると、アンジュも部屋へ帰って来ていた。

だが戻って来てから、彼女の表情はどこか浮かない。

セラフィーナの部屋に魂の杖は無かったと伝えると、彼女も国王の隠し部屋を発見し捜索したが、見つからなかったと教えてくれた。

「国王の隠し部屋に侵入するとか、いくらお前が霊体だからって危ないだろ。なにもなかったか？」

心配して尋ねるが「ええ」と、ぎこちなく返事をするだけで、視線を泳がせアンジュは居心地悪そうにしている。心ここにあらずのようだ。

（なにかあった反応だな）

レイヴィンは長椅子から立ち上がると、アンジュの前までわざと気配を消して歩いた。

「悩んでるな、話してみろよ」

「きゃっ」

一人百面相をしていた彼女の耳元で、後ろから囁くと、アンジュは驚いて飛び上がる。

こちらの期待通りの反応だ。

「と、突然耳元で囁くのは禁止です」

アンジュは耳を押さえ、むっと眉を顰める。

凄んでいるつもりなのだろうが、頬を赤らめた上目遣いで怒っても、レイヴィンにとっては可愛いだけだった。

もちろん余計怒らせそうなので本人には言わないけれど。

「で、難しい顔をして、なにを考えていたんだ？」

「な、なんでも、ないです」

アンジュはもごもごと言って視線を床に落としてしまう。どう見ても、なにかある顔だ。

「もしかして……言えないような、やましいことでも？」

「な、なんでっ⁉」

平静を装うのに失敗したアンジュの声がひっくり返る。わかりやすすぎる反応に吹き出しそうになったのを堪え、レイヴィンは尋問を続けた。

「俺に隠し事をするなんて百年早い」

「……意地悪。自分だって隠し事してるくせに」

まるで責めるような、アンジュらしくない棘のある言い方だった。

この反応には少し驚いたが、それ以上にアンジュが傷ついた顔をしていることが気に掛かる。

「どうした？　なにかあったんだろ？」

彼女の気持ちを逆なでしないように、出来るだけ優しく声を掛けると、僅かにアンジュの瞳に涙が浮かんだ。

（本当にどうしたんだ？　いったいなにが……）

「レイヴィン様、私……」

アンジュは何度か言葉を発しようとしては躊躇して、を繰り返している。

こちらもアンジュの気持ちを汲み取ろうとするが、手がかりが少なすぎてわからない。

「私……記憶が」

「記憶が、戻ったのか？」

アンジュは首を横に振る。その返答に、ほっとしてしまっている自分がいた。

今はまだ、思い出して欲しくない。彼女の心が壊れてしまわないように。

「陛下の隠し部屋に、不思議な貝殻があって」

「貝殻……それで？」

「それに触れた瞬間――っ」

何かを言い掛けた彼女は……けれど、そこでまた言葉を詰まらせてしまった。

アンジュは泣きそうになるのを堪えているようだった。そして声が震えないように、小さく一呼吸置いてから再び口を開く。

「私……もう、貴方に協力できません」

しんと部屋が静まり返る。

「レイヴィン様の配下を、やめさせてください」

アンジュはもう一度、今度はレイヴィンの目を、真っ直ぐに見つめてそう告げた。

「……理由は？」

「え」

「命令だ。やめる理由を簡潔に述べろ」

「そ、それは……」

再びアンジュが口ごもる。

今彼女に勝手な動きをされるわけにはいかない。だから、自分の命令は絶対だと主従関係のような決まりを作った。だが黙って言うことを聞けと命令するだけじゃ、もう従わせられないようだと察する。

「理由も言えない気紛れなら、受け入れるつもりはない」

「気紛れじゃないです！　やめる理由は……レイヴィン様が、嫌になったからです！」

（へー……そうくるか）

「嘘吐くな」

「な、なんで嘘って決めつけるんですか！」

「目を見ればわかる。お前が、俺を嫌ってなんていないことぐらい」

なんの嫌悪感も浮かんでいない泳いだ目で言われても信憑性がない。

しかし彼女は、この理由で押し通すつもりのようだった。

「そ、そういう……自信過剰な所が嫌いです！」

「他には？」

「意地悪で俺様な所も苦手です！」

「他には？」

「に、睨んできて怖いです」

「ふーん、他には？」

「あ、あと、あとは……」

もう思いつかなくなったのか、アンジュが黙ると再び部屋に静寂が戻る。

もちろんいい気分ではなかったが、その悪態が全部嘘だということぐらい伝わってきた。

（なんでそんな泣きそうな顔してんだよ）

下手くそな嘘吐くぐらいなら、その理由を話せと言ってやりたかったが、今の彼女は聞く耳を持ってくれないだろう。

「もう、私は大丈夫ですから……レイヴィン様には幸せになって欲しいです」

「アンジュ？」

（やっぱり、こいつ記憶が？）

「嫌いな人と一緒にはいたくないので、もうお別れです。さようなら」

「おいっ！」

泣かないように堪え、口元にいじらしい笑みを浮かべそう告げると、アンジュは窓の方へ通り抜け、部屋を飛び出していった。

「はぁ……はぁ……」

息苦しくて眩暈がする。

肉体のない亡霊のはずのアンジュは、気怠さに襲われヨロヨロと城の屋根に倒れ込んだ。

レイヴィンに別れを告げ部屋を飛び出し、どこへ向かおうかと暫く外をうろついていたのだが、もう体力の限界だった。

色々と世話になったレイヴィンに、嫌いだなんて言ってしまったが、我ながら迫真の演技だったはずだ。

これでもう彼が心配して追いかけてくることはないだろう。

「これでいいんだ」

アンジュの推測が当たっているなら、自分はなんらかの理由で、レイヴィンに殺された亡霊。彼が罪悪感から、アンジュを無下にはできないと、傍に置いてくれていたなら申し訳ないし、そんな関係を続けるのは自分が嫌だったのだ。

勇気が出せず、彼の口から真実を聞くこともできなかったけれど。

憂鬱(ゆううつ)な気持ちのまま、透(す)けている自分の両手をぼんやり眺(なが)める。

(私、いつまでこの状態なんだろう)

殺される直前と思われる場面だけ蘇(よみがえ)ったけれど、記憶が戻ったわけではない。いつまでも転生できないのはそのせいなのだろうか。

自分はなにか、大切なことを忘れてしまっている。

アンジュとして目覚めた瞬間から、その想(おも)いだけはずっと消えない。

彼といれば、その無くしてしまったなにかを、埋(う)められるような気がしたのに。

「これで、よかったんだよね?」

そう思いたいのに……胸が張り裂(さ)けそうなほどに、痛くて苦しくて。

「レイヴィン様……本当は、離(はな)れたくなかったっ」

もう一緒にはいられないと、先に手を離したのは自分の方なのに。

なぜだろう……以前の自分も、こんな気持ちを味わったことがある気がした。

気分を紛(まぎ)らわせるように、屋根へ座り空を見上げる。

いつもより星空が少し近くに感じた。

(綺麗(きれい)……前にも、この景色を私は見たことが……)

誰(だれ)かと二人で並んで、星空を見上げた。

そんな記憶が蘇る。色んな場面がモノクロで、フラッシュバックするように。

──お前を攫いたい。この国から。


こんなどうしようもない自分に、誰かが言ってくれた。

本当は、嬉しかった。その手を取りたかった。でも……できなかった。

静かな夜の出来事が、次々とアンジュの中で蘇ってくる。

バルコニーでの思い出。二人で夜の中庭を歩いた記憶。屋根の上に寝そべって、並んで星空を見上げたこともあった。

「ああ……そうだった」

失っていた想いや、記憶の欠片たちが流れ込んでくる……もう、なにも知らないアンジュでいられる時間はおしまいのようだ。

「レイヴィン……本当は、私も、貴方に攫って欲しかった」


──私の、本当の名前は、セラフィーナ。

一滴、瞳から光る涙がアンジュの頬を零れ落ちた。

四章　二人の追憶Ⅱ

国王の望む歌姫としての仕事を終えたセラフィーナは、覇気のない足取りで人気のない夜の回廊を歩いていた。

また歌ってしまった。聴いた人を苦しめる歌を。

アレッシュの魂を人質に取り、セラフィーナが逆らえないのをいいことに、ジョザイアの命令はエスカレートする一方だ。

今日は捕らえられた反逆者相手に、聴いた者が一番思い出したくないトラウマを刺激する歌を歌わされた。

反逆者は歌声を聴くと泣き叫び、なんでも話すから許してくれと、命乞いして意識を無くした。拷問道具として、セラフィーナの歌声は使われたのだ。

そしてまた、数日後には戦場で歌わなくてはならない。恐ろしいあの歌を。

兵士たちは縁起が良いと喜んでくれるだろう。なにも知らずに。

感謝されるたびに、勝利の女神だともて囃されるたびに、罪悪感に押しつぶされそうになる。

アレッシュの存在が頭を過り、ジョザイアに逆らうことも出来ない自分は同罪だ。

そんな自責の念に駆られながら、俯きのろのろと自室に戻っていると、突然。

「きゃっ！」

回廊にある支柱の陰から伸びてきた手に捕まり、引き寄せられた。

支柱を背に逃れられないよう左右を腕で塞がれ、戸惑いながら顔をあげる。そこにいたのは、冷めた瞳で自分を見下ろす、いつかの夜の青年だった。

「あ……」

自分にあの歌のことを教えてくれた彼を見て、セラフィーナの表情が強張る。

「なぜ、力のことを知ってもなお、お前は歌うのを止めない」

それは、今一番聞かれたくない質問だった。

事情なんて話せるはずがない。アレッシュの魂を人質に取られているのだから。

「私は……自分の意志であの歌を、歌い続けると決めたんです」

嘘は吐いていない。どんな事情があろうと、セラフィーナは自分の意志で歌っているのだ。アレッシュを守りたいという、自分の意志で。

だから、言い訳をして誤魔化すことはしなかった。

真っ直ぐに、美しくも冷たい紫水晶の瞳を見つめ返す。

「そうか。なら容赦はしない」

淡々とした口調で青年は告げた。

「戦場の歌姫セラフィーナ。お前を禁術使いと見做し、粛清する」

瞬きの間に青年が鞘から抜いた剣先が、セラフィーナの喉元に触れる。

この人は、ただの兵士ではない。そう悟りながらも、抵抗すること無く瞳を閉じた。


——これで終わりにできる。解放される。恐ろしい歌を歌うことから。


それが、セラフィーナの本音だった。

殺される恐怖に背筋は冷えていたけれど、どこかでそれを望んでいる自分もいたのだ。

だが、いつまでも痛みは襲ってこない。

「…………？」

不思議に思いそっと目を開けると、青年はなにを考えているのか、じっとセラフィーナの表情を見ているようだった。

「あの歌を歌う理由があるなら話せ」

この人は、なぜそこまで踏み込んで来るのだろう。知りたがるのだろう。

あの歌のせいで亡くなった兵士の、遺族か関係者なのだろうか。

もし、そうだったとしても……真実は言えない。

この国の闇の部分に係わってしまったら、この人だってきっと無事ではいられない。

恐ろしいあのローブ姿の男が脳裏を過り、セラフィーナの身体が強張った。

「貴方に話すことなどありません」

それだけ言うと、セラフィーナは青年を突き飛ばしその場から逃げ出す。

謎の青年が追いかけて来ることはなかった。

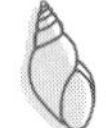

——私は……自分の意志であの歌を、歌い続けると決めたんです。

そう彼女は言っていた。その目に嘘はないようだ。

レイヴィンは、表情から相手の機微を見抜くのが昔から得意だった。だから彼女が嘘を言っていないのはわかるのだけれど。

（殺されるとわかった瞬間、なぜあの女は安心した顔になったんだ？）

本人も恐らくは無意識だっただろう。

けれどあの時、彼女が見せた表情は、とても刃先を喉元に突き付けられた者のする顔じゃなかった。

（なにか引っ掛かる）

殺されそうになった瞬間、彼女は「これで助かる」とホッとしたような顔をしたのだ。

その理由を知らぬまま、彼女を粛清してはいけないと、怪盗としての勘が騒いでいた。


それから改めてレイヴィンは、セラフィーナのことを探った。

彼女はジョザイアの養女だったが、第一王女ローズと分け隔てなく愛され、大切に育てられてきたらしい。

人柄も良く彼女を悪く言う者は、この城にはいないようだ。

非の打ちどころのない、誰からも愛されているお姫様といったところか。

だが……歌妖の一族の力は人を惑わせる。

だから国王や城の者たちは、彼女の歌の力に取り込まれている可能性もあった。

セラフィーナは噂通りの娘なのか。それとも、裏で人の心を惑わせ楽しんでいる、悪魔のような禁術使いなのか。

彼女の能力は特殊ゆえ、レイヴィンもなかなか判断できずに時間が過ぎていった。

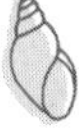

今日は、セラフィーナにとって月に一度の楽しみの日。養護施設の子どもたちへ物資を届けに行くのだ。

ローズも一緒に行こうよと声を掛けてみたが、自分は遠慮する、といつものように断られてしまった。

「はぁ……」

なにもかもうまくいかなくて気分が滅入る。

「あ、セラフィーナ様、危ない！」

「え、わぁ！」

子どもたちとボール遊びをしていた途中に、ぼんやりとしてしまっていたため、男の子の投げたボールが顔面に激突した。

「ご、ごめんなさい、セラフィーナ様！」

「お顔に、ボールの痕がついてるよ！」

子どもたちが心配そうに顔を覗き込んでくる。

恥ずかしさと申し訳ない気持ちを、照れ笑いで誤魔化しながら、セラフィーナは痛む鼻を押さえた。

「ちょっと、ぼーっとしちゃって。ビックリさせてごめんね」

顔面がジンジンしていたが、鼻血は出ていないようでよかった。

「どうしたの？　セラフィーナ様、今日元気ないね」

「そ、そうかな」

「ねえ、一緒にお歌を歌おう！」

「えっ」

「皆でお歌を歌ったら、きっと元気になれるよ！」

「歌おう、歌おう～。おれ、セラフィーナ様のお歌大好き」

「わたしも！」

無邪気な笑顔で、子どもたちが駆け寄って来る。

「ご、ごめんなさい……今日は、喉の調子がおかしくて」

セラフィーナは、どうしても歌うことができなかった。自分の歌で、子どもたちの純粋な心まで穢してしまうような気がして……怖くて。

「え～、大丈夫？」

「風邪気味だから、元気がなかったの？」

「かわいそう。早く良くなりますように！」

子どもたちは、自分の元気を分けてあげると、セラフィーナにぎゅ～っと抱きついてきた。

また一人、一人とぶら下がってくるので支えきれなくて、わぁっと皆で草の上にひっくりかえる。子どもたちはそれすら面白かったのか、声をあげて笑い出す。

だが——その輪の中で、必死に笑顔を取り繕っていたセラフィーナが、今にも泣いてしまいそうな目をしていたことを、物陰から監視していたレイヴィンだけが気付いていた。

昨日一日セラフィーナを監視してレイヴィンが思ったのは、やはり歌妖術で人を惑わすのは、彼女の意志ではないんじゃないかということだ。

ならば止むに止まれぬ事情があるはず。それを探るため、次はジョザイアを探ってみる。

国王は元々上流階級層の支持は高いものの、いわゆる労働者階級の人々の生活には関心を持たず、蔑ろにするような国政を続けてきたため、反感を買っていた時期もあったと聞く。

しかし、ここ数年で心を入れ替えたように慈善活動にも力を入れ始め、国民全体からの信頼を集め始めているようだ。

外政では好戦的でも、内政は善良な王の一面も持ち合わせているということなのか。

しかし、なにか引っ掛かる。おもに貧しい地区に赴いて、慈善活動の顔にさせられているのは、セラフィーナのようだが……。


丸一日監視してみたものの、その日、ジョザイアに不審な動きはなかった。

そう簡単に尻尾は摑ませないか。だが、ジョザイアが寝室に戻るまでは見張り続けるつもりだ。

すると夜も更けた頃、執務室から出てきたジョザイアは、寝室に戻ることなくどこかへと向かう。

(……護衛も付けず、どこへ行くんだ?)

気配を消して尾行すると、人気のない中庭の奥にある温室へと入ってゆくのが見えた。

薄暗い温室には人影が二つ。残念だが、話し声までは聞こえてこない。

レイヴィンが外で待っていると、話を終えたジョザイアが出て行き、少し経ってからローブを頭から被る長身猫背の怪しげな男が同じく出てきた。

ジョザイアよりもこちらの男の方が気になったレイヴィンは、正体を突き止めるべく、距離を取りながら後を追っていたのだが。

不審な男は、人気のない小道を通り、裏門近くの木陰で突如スッと姿を消した。

(尾行に気付かれたか？)

「っ！」

だがここで見逃すつもりはないと、レイヴィンも木陰へ足を踏み入れようとした瞬間、ひゅんっと飛んできた何かが、避ける間もなく右足に突き刺さる。

矢の先には即効性の毒が塗られているようだ。すぐに刺された部分が痺れ始めた。

「チッ……」

ここで矢を抜くのもリスクは高いが、これ以上毒を身体に回すわけにはいかないと引き抜く。簡易な応急処置をして傷口を押さえていると。

「不審者だ！　何者かが城に侵入しているぞ！」

その声と共に、近衛兵たちが集まりだす。この足の怪我と毒による痺れや眩暈の中、相手にするのは分が悪い。

「貴様、何者だ！」

問われ壁際まで追い詰められたレイヴィンは、だが名乗ることなく、そっと懐に手を忍ばせた。

「動くな！」

不審な動きに気付いた近衛兵が、飛びかかってこようとしたが、そんな彼らの足元に煙玉を投げつけ視界を暗ませる。

その隙に外套の下に潜ませてあったワイヤーを、城の屋根に引っ掛けると、まだ動く左足で地面を蹴り上げ、レイヴィンはその場から姿を消したのだった。

「どこに行った、まだ近くにいるはずだ！」

こんな深夜に、なにやら外が騒がしい。

眠れぬ夜を過ごしていたセラフィーナは、近衛兵たちの声を薄暗い部屋の中で聞いた。

「血痕を探せ！　なんとしても捕まえろ！」

（なにか、あったの？）

そっとストールを肩に羽織り、バルコニーから外の様子を窺おうと、ガラス張りの扉を開くと。

――ドサッ。

「ひゃっ⁉」

大きな悲鳴を上げそうになったセラフィーナは、頭上から降って来た黒い影に口を塞がれ、悲鳴を飲み込んだ。

（な、なに⁉）

間近で目が合った、魅惑的なアメジスト色の瞳には見覚えがある。

「おい、あっちに行ったみたいだぞ！」

見つめ合っていた二人は、下から聞こえて来た近衛兵の声にハッとして距離を取った。

（この人、この前の……）

謎の兵士だ。だから、今度こそ自分を殺しに来たのかと思った。

だが男は攻撃してくることもなく、それどころかその場に倒れ動かなくなる。

「怪我をしているんですか？」

応急処置はされていたが、右足に巻かれた布は、痛々しく血で真っ赤に染まっていた。

「苦しそう……」

呼吸も浅く、顔色も悪い。頬に触れるとひどく熱い。

「いったいどこでこんな怪我を」

そこで部屋をノックする音と共に声が聞こえた。

「セラフィーナ様、夜分遅くに申し訳ありません！　少しよろしいでしょうか」

（ど、どうしよう。このままじゃこの人は……）

間違いなく近衛兵が捜している不届き者とは、この男のことだろう。

このまま見つかり連行されれば、彼は……ジョザイアの容赦なき拷問を想像して、セラフィーナは怖くなった。

「こっちに来てください」

「っ！」

よろける彼を支え、咄嗟にクローゼットの中へと押し込める。

そしてノックを続ける近衛兵へ、寝起きのような声を演じてドアを開けた。

「どうしたのですか、こんな時間に」

「お休みの所、申し訳ありません。城に侵入してきた賊が、こちらの方へ逃げ込むのが見えたもので」

「まあ、怖い。そういえば……今、黒い影が一瞬、このバルコニーを過って向こうの方へ消えた気が」

「なんと！」

セラフィーナからの情報を鵜呑みにした近衛兵は、血相を変え駆け出していった。

（よかった……誤魔化せたみたい）

だが、ここからが問題だ。匿ったはいいけれど……彼には一度、命を狙われたことがあるわけで……。

どうしたものかと、恐る恐るクローゼットを開いて様子を窺おうとしたが。

「わぁ!?」

もう意識が殆どないのであろう青年が、こちらへ倒れ込んできた。

(お、重たい……)

それでも、なんとか支えベッドまで移動させる。それから部屋にある清潔な布を探し、血に染まったそれと交換した。

額に滲む汗も拭うと、気安く触るなと気だるげな目が物語っている。朦朧としている状態なのに、すごい警戒心だ。

その雰囲気は、まるで手負いの狼のよう。

手を出したら危険だとわかっているけれど、でもやはりほうっておけない。だから、薄手のタオルを水で濡らしそっと彼の額に載せ、看病を続けた。

(貴方は、こんな所で陛下に捕まってはだめよ)

そう強く思った。彼の素性は知らないけれど、自分たちは敵同士なのかもしれないけれど、でも……彼は悪人側ではない気がしたから。

「――――っ」

熱に浮かされる彼の苦痛が少しでも和らぐように、気休めとわかっていながらセラフィーナは歌を口ずさんだ。自分が唯一大切にしている、子守唄のように優しい歌を。

すると、少しずつ彼の呼吸が穏やかになってゆく。虚ろだった目にも、力が戻ってきたようだ。

「なぜ、俺を助けようとする。得体の知れない男を無償で」

暫くすると言葉も発せられるぐらいに回復していた。

「だって……貴方はあの夜私に、私の罪を教えてくれたから。悪い人だとは思えなかったの」

「…………」

「これ以上の深入りは、危険です。やめたほうがいい」

彼はなにを考えているのか読めない面持ちで、ゆっくりと身体を起こした。

「悪いがそれは聞けないな」

「なぜです、なぜそこまでして、貴方はこの国の秘密を暴こうと……」

「目の前に謎があるなら、解き明かしたくなるものだろ？」

言いながら彼はベッドから下り立ち上がる。

「まだ動かないほうが」

「いいや、もう十分回復した……ありがとな」

「…………」

彼はこれからも、この城の闇の部分に迫ろうとするのだろうか。

「助けてくれた礼に、お前の願いをなんでも一つ叶えてやるよ」

「え？」

「借りは作らない主義なんだ。なにがいい？」

その言葉を聞いて、ドキドキと内心胸が騒いだ。

「どんなことでも？」

「ああ、どんなことでも」

なんでも願いを叶えてくれるなんて。神様でもない限り無理だと思いながら、なぜかこの男なら叶えてくれるんじゃないだろうかと、どこかで期待している自分がいた。

でも……。

「っ……急には、思い浮かばないわ。少し考えさせて？」

セラフィーナは、そう誤魔化してうやむやにした。

言えるわけない。自分には、もう……救いを求める資格さえないのだから。

「また来る」

彼は躊躇するセラフィーナへ、甘く誘惑するような声音で囁き姿を消した。

その少し低い声が、いつまでもセラフィーナの耳に残っていた。

ある夜、また例のあの歌を歌わされたセラフィーナは、自室のバルコニーで一人、夜風を浴びぼんやりしていた。

最近は歌うたびに、このまま自分は人の心を失ってゆくのではないかと、そんな気持ちになる。

——お前の願いをなんでも一つ叶えてやるよ。

少し前、バルコニーに降ってきた謎の青年のことを思い出す。

あの時、自分をこの国から連れ出してほしいと、もし言うことができていたなら、彼は本当に願いを叶えてくれただろうか。

(ダメよ。なにを期待してるんだろう、私)

そんなこと、願ってはいけない。

アレッシュを見捨てて、自分だけこの国から逃げ出すなんて。

「よう、願い事は決まったか？」

「っ！」

突然背後から気配がして振り向くと、たった今思い浮かべていた青年が立っていた。

もうすっかり足の調子も良さそうだ。

「貴方、どこから……」

「さあ、どこからでしょう」

また屋根から降って来たのだろうか。兵士として慰労会に紛れ込んでいたりもしたし、本当に謎が多い青年だ。

「随分と浮かない顔だな。悩みがあるなら言ってみろよ」

「別に、なにもないです」

「本当に？」

（そんな目で、私を見ないで）

彼の瞳に見つめられると、まるで心の底を見透かされているような気持ちがした。

「本当は……お前もあの歌を歌いたくないんだろ？」

「っ……」

この男はどこまで知っているのだろう。

いや、なにも知らないからこそ、聞けたことなのかもしれない。

アレッシュのことも、ジョザイアの本性も、あの恐ろしい杖を持った男のことも。

なにもかも打ち明けてしまいたい。そんな衝動に駆られたけれど、セラフィーナはやはり言葉を飲み込んだ。

こんな素性の知れない相手に話して、アレッシュの魂にもしものことがあったら。

「なにをおっしゃるんですか。歌うことは、私の意志です」

「そうか」

本心を悟られないよう強かに答えると、それ以上彼が追及してくることはなかった。

「じゃあ、また来る」

「えっ、いったい何をしに？」

というか、そう何度も簡単に城に潜入されると、この城の警備体制に不安を覚えるのだが。

「言っただろ。お前の願いを一つ叶えてやるって」

（まさか本気でそれまで通い詰めてくるつもり？）

それは厄介なので、適当な願いを口にしたほうがよいだろうか。どうせ、本当の願いなんて、叶えられるはずないのだから。

「言い忘れてたが、俺の名はレイヴィン。怪盗だ」

「怪盗？」

レイヴィンは不敵な笑みを浮かべ、パチンと指を鳴らす。

その瞬間、魔術なのか奇術なのか、ぽんっと彼の手の中に現れた四つ葉のクローバーを差し出され、戸惑いながらもセラフィーナは受け取った。

「この俺が叶えてやるって言ってるんだ。いい加減な願いで誤魔化すなよ」

「っ！」

まるでこちらの心を読んだように釘をさすと、レイヴィンは軽やかに屋根の上へと姿を消した。

「か、怪盗って……まさか、あの？」

怪盗といえば、大陸中を騒がせ度々新聞の一面を飾っている人物を一名知っている。

神出鬼没に現れては、どんなに厳重な警備も掻い潜り、華麗に盗みを働くその人物の素性は謎に包まれていて……。

「あんなに若い男の人だったの？」

見た感じ、二十代前半か自分とさほど変わらなそうだ。

その正体は老紳士なのだとか、実は女性だとか、見る人によって姿が違うと噂されていたけれど。

（もし、彼が言っていることが本当なら……）

大陸中を騒がす大怪盗ならば、自分をこの国から攫い出してくれるんじゃないか。

そんな淡い期待を一瞬抱き、けれどセラフィーナは、やはりその願いに蓋をした。

もらった四つ葉のクローバーを、両手に包み眺めながら。

だが宣言通りレイヴィンはまた来た。そして毎夜のように、会いに来るようになった。なにをするでもなく、眠れないセラフィーナの話し相手になってくれたり、時にはこっそり夜の散歩に連れ出してくれることもあった。

そんな非日常的な時間が、セラフィーナの重く苦しい気持ちを、ほんの少しだけ紛らわせてくれた。

自分を殺そうとしていた相手だと忘れたわけではないのに、彼が会いに来てくれる時間が、待ち遠しいものになってゆく。

そんな自分の気持ちに困惑しながら、今夜もレイヴィンが会いに来てくれるのを、バルコニーで一人待っていた。

また数日後には、戦場へ向かう兵士たちへ、あの歌を歌わなければならない。

ジョザイアは一向にアレッシュの魂を、元に戻してはくれない。

（もしかしたら一生このままなのかも……）

本当は自分のせいで、誰かがあの歌に惑わされ死んでゆくんじゃないかと思うと、怖くて夜も眠れない。最近見る夢はいつも戦場の惨劇だ。

（それでも、歌い続けなければ……）

「よお、気分はどうだ？」

振り向くと、いつものようにレイヴィンが、気配もなく背後に立っていた。

「いらっしゃい、レイヴィン」

少しだけ気分が和らいだセラフィーナは、心配を掛けないようにと笑って見せたが、彼の目は誤魔化せなかった。

「俺の前では、無理して笑わなくていい」

「え？」

「本当は泣きそうなのに、感情を押し込めてる目をしてる」

彼は指先で、セラフィーナの目元を優しく撫でる。

その瞬間、魔法が掛けられたように、ぽろりと一粒セラフィーナの瞳から涙が零れ落ちた。

「ぁ……私……」

戸惑いながら声を僅かに震わせ、セラフィーナは再び感情を押し込めようと俯きかけたが。

「隠すな。話してみろよ、力になるから」

両頬を包み込まれ上を向かされる。

もう隠せないと思った。こんな顔をして大丈夫と言っても、彼は信じてくれないだろう。そしてなにより、セラフィーナの心が限界だった。

「私っ……本当は、もう、歌いたくない」

「ああ」

レイヴィンが驚くことはなかった。今までのセラフィーナの態度から、察していたのだろう。

「でも、ジョザイア陛下には、逆らえないの」

「どうして?」

セラフィーナは言葉を選んだ。アレッシュのことまでを、口にするのは怖かった。彼の魂を奪ったのは、恐ろしい力を持つ禁術使いだ。真実を口にした途端、アレッシュの魂を消滅させられたらと不安がある。

それから……ジョザイアは、このことを公言すれば、言った相手も同じ目に遭わせると言っていた。ならば、レイヴィンまで巻き込むことになる。

そんなことはできない。

「……陛下は、善人を装っているけれど、とても恐ろしい人なの。逆らったら、なにをされるかわからない」

「そうか」

結局、嘘ではなくて、けれど当たり障りのない言葉でしか伝えられなかった。

「だから、これからも私は歌い続けるしかないの。陛下の望む歌い手として」

「でも、歌いたくないんだろ。自分の気持ちを無視して、そんなこと続けてたら……そのうち、お前の心が壊れるぞ」

そんな風に心配してくれるとは予想していなくて驚く。

ジョザイアに立ち向かおうとしない自分の弱さを、責められても仕方ないと思っていたのに。

「でも、歌わないと」

「もう、歌わなくていい」

「だめよ、歌わないと大変なことにっ」

「大丈夫だ」

レイヴィンはセラフィーナの手を取り、そっと手の甲に口付ける。

突然のことに、セラフィーナは目を丸くして驚いた。

「今、お前に、声を奪う魔法を掛けた」

「魔法？」

良くわからなくて首を傾げる。だって声なら普通に出せる。でも。

「声を失ったお前は、もう歌姫じゃない。声が出せないんだ、歌えなくても仕方ない。だろ？」

「っ！」

そこでようやく理解する。もうあの歌を歌いたくない。その願いを叶える方法を、彼はくれたのだ。

「残念ながら、この魔法はそう簡単には解けない。お前がもう一度歌いたいと望むまで、永遠に」

レイヴィンはわざと、悪役っぽい笑みを浮かべていた。

「っ――」

もう、無理に歌わなくていい。その逃げ道を与えられ、今まで張り詰めていた気持ちが緩んでしまう。

「辛かったんだな。それでも、ずっと一人で耐えてたのか」

「私、私っ」

堰を切ったように泣きだしたセラフィーナを、レイヴィンは自分の胸に引き寄せてくれた。

腕の中に隠し、守るように。

それから、セラフィーナは声を失ったふりを続けた。

色んな検査を受けたが、誰にも原因がわからず、精神的なモノではないかということになった。

声を取り戻させるべく、優秀な薬師を連れてきたとジョザイアに言われた時には、嘘をつき通せるか不安になったが、現れたのが薬師に扮したレイヴィンだった時には、拍子抜けした。

真面目で誠実な薬師を演じ、ジョザイアや城の人間たちの信頼をあっという間に勝ち取った彼には、さすが怪盗だと感心してしまう。

それから暫く戦場で歌わずに済んでいたが、歌というドーピングがないことによる戦力不足が原因なのか、負け戦も増えたと聞く。

そのためジョザイアは顔を合わせるたびに、早く声を取り戻せと、怒鳴り散らしてくるようになった。

「役立たずめが！　まだ声は治らぬか!!」

「…………」

「ああ、我が国の兵士どもはなんて使えない！　歌がなければ勝てぬ腑抜けばかりだ!!」

目先の利益や、自尊心を満たすことしか考えていないのが見え見えだ。こんな男、国王の器じゃない。

早くローズが女王となり、国を治めてくれればいいのに。それだけが、希望だった。

『きみともあろう怪盗が、随分と手古摺っているじゃないか。歌妖の娘の暗殺はどうなっているんだい？』

至急連絡をするようにと支部の人間から呼び出され、レイヴィンは通信石の前に立っていた。

上司の声音には、じれったそうな感情が滲み出ている。

「そのことですが、事情が変わりました。もう少し時間をください」

『事情が変わった？　ならばその内容報告を』

「……はい」

正直、まだ証拠をなにも掴めていない。これで上司を説得するのは、時期尚早だと思いながらも、レイヴィンは上司に掛け合った。

セラフィーナはどうやら国王に脅され、無理矢理利用されているようだと。

だが、上司からの返答は予想通りのものだった。

『それで、その証拠は？　まさか、歌姫の証言だけを信じて言っているわけじゃないよね』

「物的証拠はまだなにも。だからこそ、もう少し時間をください」

『う〜ん……きみがそこまで言うなら、もう少し待ってあげるけど。本当にその歌姫を信じて大丈夫？』

「どういう意味です？」

『だって、歌妖の一族は、人を惑わすと恐れられていた一族なんだよ。レイヴィン君も、その歌姫に惑わされてしまったんじゃないだろうねぇ』

「まさか」

『だよね〜、まさかね〜……頼んだよ、きみはウチのエースなんだから』

いつもの上司の軽口だ。そう聞き流しながらも、今の所まったくセラフィーナの証言は信用されていないようだと察し、先が思いやられた。

「〜〜〜♪」

歌うことを止めたセラフィーナだったが、たまに一人きりの時にだけ口ずさむ歌があった。

それは恐ろしいあの歌とは違い、歌っているとセラフィーナの心が安らぐ旋律だ。

ベッドに腰かけ歌っていたセラフィーナが、気配を感じ顔を上げると、バルコニーにレイヴィンの姿があった。

いつからいたのか、セラフィーナはすぐに歌うのをやめる。

「いらっしゃい、レイヴィン。今日は早かったのね」

「ああ。その歌、前に俺に歌ってくれたやつだな」

あの時は意識が朦朧としていたみたいなので、覚えていないかと思っていたのに。

それはレイヴィンが怪我を負って現れた夜、気休めだと思いながらも、少しでも彼の気持ちが和らぐようにと歌った曲だった。

「もっと聴きたい」

「え、でも……」

歌うのが怖い。その思いは日に日に強まっていた。

自分の歌声は、人を傷つける道具なのだと自覚しているから。

「怖く、ないの？　私の力が」

「なんでだよ。俺は好きだ、お前の歌声」

「っ……ありがとう」

セラフィーナ自身でさえ、自分の歌声に宿る力を恐れているのに、彼が少しもそれを怖がらずに受け入れてくれていることが、セラフィーナの気持ちを少しだけ楽にさせる。

「この歌はね、両親が私に唯一残してくれたものなの」

セラフィーナの中に両親との記憶はないけれど、形見だった不思議な巻貝に宿っていたのが、この歌なのだとレイヴィンに教える。

すると、怪盗の性なのか彼はその貝殻に興味を持ったようだった。

「へー、見てみたいな。その貝殻」

「……今はもう手元になくて。ジョザイア陛下に、取り上げられてしまったから」

その貝殻に宿る歌は、歌妖術の使い手にしか聞こえない特別なもので、一族の人間以外が持っていてもあまり意味がない。

それでも珍しい物に目がないジョザイアは、歌妖一族の品というだけで、それを取り上げてしまったのだ。

「取り返してやろうか？」

「え？」

「大切なものなんだろ」

「うん……でも、大丈夫。手元になくても、あの曲を忘れることはないから」

「そうか」

彼の怪盗としての腕を疑っているわけではないけれど、もしジョザイアにバレ、怒らせてしまったら恐ろしい。

それから二人でベッドに腰を掛け、レイヴィンの怪盗話を朝方まで聞かせてもらった。

彼の話は小説を読むよりスリルがあって、ワクワクしてくるから好きだ。

こんな時間が、ずっと続いてくれればいいのにと、セラフィーナはいつからか、心の中で願うようになっていた。

そう長くは続かない。今だけの関係なんだと察しながらも。

『レイヴィン君、わたしは待ったよ。首を長〜くしてね』

また支部の人間に呼び出された夜、上司に連絡を入れると、彼は痺れを切らしているようだった。

『いつまでウェアシス国にいるつもりだい。きみが戻って来てくれないと、困るんだよ。きみにしか任せられない案件が、溜まりに溜まっていてね』

なにかあると、困った困ったと大袈裟に嘆くのは、この上司にとっていつものことだが、今回ばかりはどうやら本気で困っている様子だ。

『ウェアシス国の件は、代わりの者を派遣する。だから、きみは至急こちらに戻って来なさい』

早く解決して戻ってこいと責っ付かれる予想はしていたが、まさか途中で担当を外されることになるとは思っていなかった。

「最後までやらせてください」

『これはきみのことを考えての提案でもある。いいかい、レイヴィン君。どんな事情があれ、彼女がこれからも歌う道を選ぶなら、その歌姫は我々の組織にとって、危険度の高い禁術使いと見做される存在だ……きみに、彼女を暗殺することができるのかい？』

随分と彼女に肩入れしているようだけど。そう上司は問いたかったのだろう。

どんな事情があろうと、禁術使いは悪魔に魂を売ったも同然の罪人だ。

だからレイヴィンは、今まで必要とあれば躊躇なく暗殺任務も遂行してきた。

「…………」

それなのに躊躇いの感情が芽生え、そんな自分に困惑する。

『できないの？　復讐の鬼と恐れられていたきみは、いったいどこへ行ってしまったんだ。すっかり歌妖の娘に絆されてしまったようだね』

嘆かわしいことだと上司が大袈裟な溜息を吐く。

『一時の感情に流されているようじゃ、まだまだきみも青二才だ』

その瞬間、レイヴィンの中で怪盗としてのプライドに火がついた。

「できます。彼女が、これからも禁忌を犯す道を選ぶなら」

今までどんなに困難なミッションでも、最後までやり遂げてきたのだ。

そして禁術使いを殲滅させると誓ったあの日の、初心の気持ちを忘れるわけにはいかない。

だから、彼女だけ特別扱いできないと、自覚しかけた感情に名前は付けず斬り捨てる。

『そうか、ならいいんだ。もう少しだけ、きみに時間をあげよう。ただし、もう少しだけだよ』

「はい」

レイヴィンは平静を装いながらも、内心ではセラフィーナが、これからも歌う道を選ばないことを願わずにはいられなかった。

その夜もセラフィーナは自室のバルコニーにて、もう日課のようになっていたレイヴィンの訪れを待っていた。

悪夢に魘される日が減ったのも、戦場で歌わなくてよくなったのも、全部彼のおかげだ。

けれど……いつまでも、こんな日々が続くことはない。

セラフィーナが歌わなくなってから、ジョザイアの機嫌は悪くなる一方だ。

そして自分が歌わない限り、アレッシュの魂が元に戻る可能性はないだろう。

このままではいられない。けれど、どうすればいいのかもわからない。

ただ今の自分は、見なければならない現実から目を逸らしているだけに過ぎない。

「どうした、浮かない顔だな」

いつものように気配なく、レイヴィンがバルコニーに現れた。

「なんでもないの。少しぼんやりしていただけ」

「そうか」

「レイヴィン？」

セラフィーナの隣にやってきて、月を見上げた彼の横顔が、少しいつもと違う気がした。

「なあ……」

レイヴィンは星空を見上げたまま、静かに口を開く。

「願い事は決まったか？」

そういえば、レイヴィンがここへ通ってくれるようになったきっかけは、セラフィーナの願いを叶える為だったのだと思い出す。

本当は、あの時から、変わらずに胸に秘めている願いが一つだけある。

叶うわけないけれど。

「そうね……では、私をこの国から攫ってください」

それは無理だと、深刻な雰囲気にならないように、セラフィーナは冗談っぽくクスリと笑ってみせた。

そうしたらレイヴィンも、いつもの調子を取り戻してくれるかと思った。

けれど、その願いを聞いたレイヴィンは、こちらを向くと、

「俺も今、同じことを考えてた」

と、真顔で言ってきたのだ。

「え？」

「お前を攫いたい。この国から」

「な、なにを言って……」

レイヴィンの目は、いつになく真剣だ。これは冗談なんかじゃない。

そう察した瞬間、セラフィーナの気持ちに歯止めが掛かる。

「ごめんなさい……今言った願いは、冗談です。私はこれからも、この国で生きていかなくちゃ」

セラフィーナはばつが悪くなって視線を逸らした。真っ直ぐな彼の眼差しから逃れるように。

「なら、これからもお前は、あの歌を歌い続ける道を選ぶのか？」

「……わかりません」

声が出ないフリを一生続けるのは無理だろう。

ならばいずれ戦場の歌姫として、復帰しなければいけない日が来るのかもしれない。そう遠くない未来に。

「あの歌を、歌い続ける道を選ぶなら、俺はお前を……粛清しなければならない」

スッと彼の瞳から温かみが消えたのがわかった。

出会った時と同じ、目の前にいるセラフィーナを、人とすら認識していないような冷たい目だ。

「俺の本来の仕事は、禁術が宿る魔道具を回収すること。そして、禁術使いの粛清だ」

この国へ潜入調査に来た理由も、そのためだとレイヴィンは打ち明ける。

どうして彼は、この国の秘密を暴こうとしているのだろうと、ずっと気になっていた。

こんな自分を気に掛けてくれる理由も。

それも全部、自分が人ならざる力を持つ、歌妖の一族の生き残りだったから。監視されていたのかと思えば筋が通る。

そして最初の頃に、彼に殺されかけた理由も。

「……私が粛清されることで、争いの火種が一つなくなるなら。どうか、私を殺してください」

セラフィーナが、命乞いをすることはなかった。

「…………」

レイヴィンは表情一つ動かさず、懐から取り出した短剣の刃先を、セラフィーナの喉元に向けた。

(これで……楽になれる)

もう、怯えなくてもいいんだ。自分の力で誰かを傷つけることに。

そう思ったら、こんな時なのに、ほっと肩から力が抜けた。

――レイヴィン、ありがとう。

セラフィーナは、抵抗することなく、終わりを受け入れるように静かに目を閉じた。

五章　秘めた想い

大量の記憶を取り戻し、アンジュもといセラフィーナは、暫く意識が朦朧としたまま城の屋根に倒れ込んでいた。


やがて押し寄せてきた記憶の波が止むと、ずっと続いていた眩暈も治まってくる。

思い出せたのは、レイヴィンに二度目に剣先を向けられた夜の出来事までだった。

けれど、そこまでの記憶しかないということは、そういうことなのだろう。

自分は……レイヴィンに殺され亡霊となったのだ。

ただ、まだ謎も残っている。自分がセラフィーナだったなら、自分が死んだ後もセラフィーナとして存在している彼女はいったい何者なのか。

(そしてレイヴィンは……どんな気持ちで、記憶を無くした私といたんだろう)

ぼんやりと思考を巡らせながら、レイヴィンの瞳の色に似た朝焼けの空に手を伸ばす。

なにも摑めない手を握りしめた瞬間、手が、腕が、光の粒子に包まれてゆく。

「な、に？」

最初、朝日が昇りはじめた影響かと思ったが、違うようだ。

（ああ、そっか……私、ついに……）

自分にも天からの迎えが来たのだと悟る。この倦怠感も全て、そのためなのだろう。

朝が近付き、空が明るくなってくると、セラフィーナは眩しくて目を瞑った。

これでようやく全てから解放される。

アレッシュを救うことも出来ず。ローズが女王になるのを見届けることも出来ず。

そう考えると未練だらけの生涯だ。

それだけじゃない。本当は嬉しかったのに、この国から攫いたいと言ってくれたレイヴィンの手を、掴むことも出来なかった。

「レイヴィン……」

彼を想うと胸が締め付けられるように苦しくなるのは、なぜだろう。

でも、これ以上を望んではいけない。自分たちは、相容れぬ存在だったのだ。

彼の正義のもと殺されたなら、この死も受け入れよう。

薄っすらと目を開くと、自分の身体が先ほどよりも薄くなり、小さな光の粒子たちが身体全体を包み込んでいる。

（レイヴィン……さようなら。今まで、ありがとう）

「――行くな！」

突然声がしてセラフィーナは顔をあげる。

すると息を切らしたレイヴィンが、こちらに駆け寄ってくるのが見えた。

（なんで……？）

「バカッ」

レイヴィンはこちらに手を伸ばし、セラフィーナを咄嗟に抱きしめようとする。けれど、その腕は身体をすり抜けるだけだった。

それでも彼は、もう一度、今度は優しく包み込むように、消えかけのセラフィーナを抱きしめる仕草をした。まるで、あえかな灯を守るように。

「勝手に俺の前からいなくなるな」

セラフィーナの瞳からほろりと涙が零れ落ちる。

（なんで？　心配して捜しに来ないように、嫌いって嘘まで吐いてお別れしたのに）

レイヴィンの手がセラフィーナの背に回された時、一瞬本当に抱きしめられている錯覚がした。

もう触れ合うことなどできるわけないのに。

「もう……いいです」

「なにがいいんだ」

「もう、十分だから……同情心や罪悪感で、私に優しくしないでください」

「お前、やっぱりなにか思い出したのか？」

全部思い出したと伝えてもよいのだろうか。私は貴方に殺されたのねと。

レイヴィンを責める気持ちはなかった。それだけの罪を自分は犯していたのだから。

けれど、彼はその事実をずっと隠していた。最初から全て知っていたのに。

「もう……なにを信じたらいいのかわからない。なにも考えたくない」

レイヴィンの腕の中からそっと離れる。

もうセラフィーナの姿は、うっすらとしか確認できない。

最後に、レイヴィンの姿を目に焼き付けるように見つめた。

これで本当にさよならだから……。

離れがたいと思ってしまうけど。彼の手を取らなかった自分に、そんな資格はない。

だが、消え入りそうなセラフィーナを、レイヴィンは意志の強い瞳で見つめ返す。

「まだ、諦めるな」

「え……」

「お前が今選択しようとしているのは、最低最悪の結末だ」

「どうして、私を引き留めるの？　だって私は、貴方の嫌いな禁術使いだったのに！」

「っ……どこまで思い出したんだ？」

「全部思い出したわ。自分がセラフィーナだったことも、今までのことも全部っ……なんで教えてくれなかったの？」

「…………」

レイヴィンは暫し黙っていたが、やがて観念したように白状した。

「今の不安定な状態のお前が、記憶を取り戻したら……全てを捨てて、消滅を選ぶんじゃないかと思った」

その通りだ。現に今、自分はこの世から消えようとしている。

だが、それになんの問題があるというのか。

レイヴィンだって、禁術を犯したセラフィーナの消滅を望んでいたのではないのか。

「全部思い出したなら、俺がお前を引き留める理由だってわかるだろ」

「わからないわ」

そこが一番わからない。

「レイヴィンは、私と出会ったこと後悔してないの？」

それはこんな状態になった自分とだけでなく、生前の自分とのことも含んだ問いだった。

彼がそれを察してくれたのかはわからないけれど。

「してない。出会えてよかったと思ってる」

「っ！」

彼は即答した。

するとセラフィーナを包み込んでいた光の粒子が、弾けて消える。

「私の存在が、貴方を苦しめたりは？」

「してない。だから、いなくなるな」

消え入りそうだった身体は、透けたままではあるが元の状態に戻っていた。

そこでようやくほっとしたように、レイヴィンの表情が少し和らぐ。

「俺が絶対、お前を元の身体に戻してやるから。俺を信じろ」

どうしてそんなことを言うのか、やはり彼の思惑がわからない。

自分が殺した相手に、なんで……？

そう思いながらも、涙でぐしゃぐしゃになりながら、セラフィーナは頷いていた。

もう少し、一緒にいたい。許されるなら、レイヴィンといたい。

本当は、あの夜、彼の手を取りたかった。

（私……レイヴィンが好き、大好き）

誰にも言えなかった苦しみに、ただ一人気付き寄り添ってくれたあの時から、自分はずっと彼に惹かれていたのだ。

もう、元に戻れるかもわからない亡霊なのに。障害だらけの恋なのに。

今更、自分の気持ちを自覚しても、どうしていいかわからない。

セラフィーナの涙を拭うように、そっと幻影の頬に指を滑らせ、触れられないもどかしさに苦笑しながらレイヴィンは言葉を続けた。

「そして元に戻ったら、あの夜の返事をちゃんと聞かせろよ」

「え……？」

あの夜の返事。その言葉に、ドクンと魂が反応する。

けれど、なんのことだかわからない。自分はまだ、大切なことを忘れたままでいる気がした。

でも、あえて聞かなかった。人から教えられた記憶じゃ意味がない。

自分で見て感じたものを思い出さなければ、レイヴィンの求めている返事にはならない気がしたから。

「簡単に俺から逃げられると思うな。おいで、セラフィーナ。部屋に戻ろう」

「……はい」

彼と一緒にいればいつか思い出せる気がする。その大切ななにかを、やっぱりどうしても思い出したくて、セラフィーナは迷いを振り払いレイヴィンの胸の中へ飛び込んだ。

彼は朝日からセラフィーナを隠すように、受け入れてくれた。

レイヴィンは一晩中セラフィーナを捜し回ってくれたらしい。さすがに疲れた様子で、部屋に戻るなり、少し仮眠を取るとベッドに横になった。

「あの……ご迷惑を掛けたお詫びに、私にできることがあったら、なんでも言ってね」

霊体の自分にしてあげられることなんて、限られているだろうけれど。

「じゃあ……お前の歌が聴きたい。俺だけのために歌って欲しい」

ベッドに横になったまま、レイヴィンは顔だけをこちらに向けてくる。

アンジュの時は、なにも考えず楽しく歌うことができたのに。記憶を思い出した今は、歌うことに抵抗を感じる。

けれどレイヴィンは、急かすことなく見守るように待ってくれた。

「わかったわ……」

レイヴィンの眼差しに背中を押されるように、セラフィーナは小さく息を吸い歌い始めた。

出だしはおずおずと、自信のないまま。

それでもレイヴィンは目を細め「やっぱり、お前の歌声は綺麗だな」と褒めてくれる。

(どうして、そこまで優しくしてくれるの？)

そんな風に接せられると、彼への未練が募るばかりだ。

それでも、込み上げてくる感情を抑え、セラフィーナは彼のためだけに歌い続けた。

唯一心の安らぐ思い出の歌を――。

「――好きだ」

レイヴィンは、聞き惚れるように小さくなにか呟くと、そのまま眠りについてしまった。

「え？」

好きだと言われた気がして、セラフィーナの頬がじわじわ赤く染まる。

だが眠りに落ちる間際の言葉だ。寝ぼけていたのかもしれないし、別の誰かへの想いかもしれない。歌のことを言ったのかもしれないし、そもそも聞き間違いかもしれない。

「…………」

答えの出ない思考に悶々としてきて、セラフィーナは恨めしそうに、レイヴィンの寝顔を覗き込む。

人の気も知らないで静かな寝息をたてている。

「レイヴィン」

小さく名前を呼んでみたが反応はない。次に彼の頬をつっつく仕草をしてみたが、触られないのでこれにも反応はない。

さすがのレイヴィンも寝ている間は無防備な顔をしている。

「…………」

さっきの言葉が、本当に自分への愛の告白だったならよかったのに。

でも、それは叶わぬ願いだ。だって彼は、協会から派遣された怪盗という名の密偵で、自分を暗殺しにきた存在だったのだ。そして任務を遂行した。

（これ以上、好きになっても辛いだけ……この想いは、いつか断ち切らなくちゃ）

亡霊になったセラフィーナを傍に置き、元に戻そうとしている理由は、セラフィーナが忘れてしまったなにかが、関係しているのだろうか。

セラフィーナをこの国から攫うと言っていたけれど、あの言葉の真意はどこにあるのだろう。アンジュの時は、早とちりして駆け落ちを企てているのではと、勘違いしてしまっていたけれど……。

「ねえ、レイヴィン。貴方、いったいなにを企んでいるの？」

返事はない。聞こえるのは、静かな寝息だけ。

今なら、どんな悪口も言い放題かもしれない。だから——。

「……好きよ、レイヴィン」

一番伝えたくて、でも聞かれたくない言葉を口にした。

自分を殺した相手を恋い慕うなんて、無謀で愚かなことをしている自覚はあるのに。

「好き、大好き」

止められない想いを込め、こっそりと眠る彼の頬に触れられないキスを落とす。

この気持ちを告げることは、きっと永遠にない。自分だけの秘密にしよう。

レイヴィンが仮眠を取り朝食を終えた後、二人は太陽の光をカーテンで遮断した薄暗い部屋で、これからのことを話し合った。

「お前の記憶が戻ったなら、もう遠慮はいらないな。とにかく、まずはセラフィーナの偽者をどうにかして身体を取り戻すぞ」

「でも……」

レイヴィンの推測によれば、セラフィーナの身体には、今別の魂が入っているそうだ。だがその魂を追い出したところで、死んだ自分が生き返ることとなんてできるのだろうか。

「なにか気掛かりでも？」

「元に戻ることとなんて、できるのかなって。それから、私の中にいるのが誰なのか、見当もつかなくて」

「その心配はいらない。戻り方も、お前の中にいるのが誰なのかも、目星がついてる」

セラフィーナが記憶を思い出せないでいる間にも、レイヴィンは一人でセラフィーナを元に戻すため奔走していてくれたようだ。

「口外はされてないが、ここ数日ローズ姫の姿が見えない。お前が霊体になったタイミングと時期が被る。怪しいだろ」

「ローズが!?」

セラフィーナは驚く。けれど自分の身体の中にいるのが彼女なのなら、話してみる余地がある。

そこへ、タイミングを見計らったかのように、部屋をノックする音が聞こえた。

「レイヴィン先生、少し良いかしら」

ドアの向こうにいるのは、セラフィーナの偽者だ。

どうする？　と、レイヴィンに視線で問われる。

「もし、本当に彼女がローズなら、私に話す時間をください」

彼女が自分の意志で、そんなことをしているとは思えない。きっとジョザイアに、脅されているのだ。

レイヴィンは、そんなセラフィーナの思いを汲み、ドアを開けると、偽者のセラフィーナを部屋の中へと招き入れる。

偽者のセラフィーナは、もう怯える様子もなく、霊体になったセラフィーナの前までやってきた。

「セラフィーナ、やっぱり見間違いじゃなかったのね」

「貴女、ローズなの？」

ローズは素直にその事実を認め頷く。

「どうして……」

「二人だけで話がしたいの。お願い、セラフィーナ」

自分も話したいと思っていたところだと、セラフィーナも頷いた。

「レイヴィン、少し席を外してもらってもいい？」

「……ああ」

レイヴィンは、警戒心を滲ませローズを一瞥した後、けれどセラフィーナからのお願いを聞き入れてくれた。

部屋の前で待機していると言い残し出て行く。

「ローズ、えっと……これは、どういうことなの？」

自分の身体に向かって、ローズと呼びかけることに戸惑いを覚えながらも、セラフィーナが尋ねると、彼女はいつものようにオロオロと髪の毛先をいじりながら、縋るような視線をこちらに向けてくる。

その仕草と表情で、やはり彼女はローズなのだなと確信した。

「お父様からの命令なの」

そして予想していた通り、この件にはジョザイアも係わっているようだ。

ローズの話によると、セラフィーナの声が出なくなったのは、精神的な影響に違いないと信じていたジョザイアは、ならば精神を入れ替えてしまえば良いではないかと言い出したらしい。

「それで……わたくしが、セラフィーナの代わりになればいいってことに」

相変わらずだ。実の娘にそんなことを命令するなんて、正気の沙汰じゃない。

「最近、お父様はますます禁術に心酔していたでしょう。素性の知れないローブの男まで大金を積んで雇い始めて……その男に命じて魂の入れ替えを」

「あ……」

素性の知れないその男には、セラフィーナも心当たりがある。

どうしてすぐに察せられなかったのだろう。人の肉体から、いとも容易く魂を抜き取る存在が、この城に一名いることを。

「でも……わたくしがセラフィーナになって、声は取り戻せたけど歌妖の力は使えなくて」

「陛下に責められているのね」

「うん……」

「もう、そんなことしなくていい。ローズが私の代わりをさせられるなんて、そんなのっ」

耐えられない。それはローズが代わりに、戦場であの歌を歌わされるという意味なのだから。

「元に戻る方法を一緒に見つけよう、ローズ」

レイヴィンは、その方法をすでに知っているようだった。

三人で力を合わせれば、きっと元に戻れる。ローズもそれに同意してくれると、セラフィーナはなんの迷いもなく信じていたのだけれど。

「……元に戻る方法は、もうあるの」

虚ろな目をしてローズは呟いた。

「ローズ？」

「あとは、あなたの魂さえ取り戻せばいいって、あの人が」

「な、なにをする気？」

じりじりとこちらに距離を詰めてくるローズに警戒し、セラフィーナは後退する。

「ごめんなさい!!」

「きゃっ、レイヴィッ!?」

レイヴィンに助けを求めようとしたが、そんな暇もなかった。

突然、怪しい刻印の浮かぶガラスの小瓶を向けられたセラフィーナは、抵抗もできぬままその中へ吸い込まれ、閉じ込められてしまったのだ。

「許して、セラフィーナ。お父様をこれ以上怒らせないためには、こうするしか、ないのよ……」

初めからセラフィーナの魂を捕らえるのが目的だったローズは、美しい光を閉じ込めた小瓶を抱きしめながら、涙を流していたのだった。

部屋の前で待機していたレイヴィンは、一瞬セラフィーナに名前を呼ばれた気がした。

嫌な胸騒ぎを覚え、部屋をノックしてみるが返事はない。

なにかあったと察し遠慮なくドアを開いたが、そこにはセラフィーナの身体を占領しているローズが、一人ポツンと佇んでいるだけだった。

「セラフィーナはどこだ」

取り繕うことなくそう尋ねても、彼女が答えることはない。

頑なに口を閉じ、胸に何かを隠し走り去ろうとするローズの腕を、レイヴィンは掴みとめた。

「待て」

「いやっ、放して！　誰か、誰かー！」

ローズは大袈裟に怯え大声を張り上げる。それを聞き付けた城の者たちが集まってきた。

「どうされたのですか、セラフィーナ様！」

「突然この方に襲われ掛けて、怖いっ。声を取り戻せた恩人だからって……無理矢理こんなことをっ、ひどすぎます」

ローズの虚言に城の者たちは血相を変え、レイヴィンを捕らえろと騒ぎ出す。あっという間にメイドが衛兵を呼んできた。

（こうして無実の罪で、邪魔者は葬るシナリオか）

レイヴィンは両腕を二人掛かりで押さえられ、その隙にローズは部屋を出て行ってしまう。

「大人しくしていろ！」

そのまま地下牢に連行されそうになったが、今はそんなところに閉じ込められている暇はない。

「グハッ⁉」

「うっ……」

レイヴィンは容赦なく両サイドにいる衛兵を伸しすぐに解放されたが、それも束の間。

「貴様だな！　セラフィーナ様に手を出した不届き者め！」

「チッ」

廊下に出た途端、新たに駆けつけてきた衛兵たちに囲まれる。

それだけじゃない。使用人たちも遠巻きに野次馬として集まり、廊下には人の壁が出来ていた。逃げ場がない。

最初から、ここまで仕組まれていたのかもしれない。

どうやらそう簡単に、セラフィーナを捜しに行かせてはもらえないようだ。

（ここ、は……？）

ガラスの小瓶の中へと吸い込まれ、そこで意識を失ったセラフィーナだったが、また突如小瓶から引きずり出されたことで意識を取り戻す。

薄暗くひんやりとした石畳の床と壁に囲まれたそこは、普段人の寄り付かない城の地下室のようだった。

「お目覚めですか、歌姫様」

聞き慣れない声がして顔を上げると、そこにいたのは黒いローブを頭から目深に被った、猫背の男。

「貴方は……」

ジョザイアに雇われ、アレッシュの魂を抜き取った、あの禁術使いがほくそ笑んでいた。

「その顔を見るに、覚えているようだね。ローズ姫と魂を入れ替える際、邪魔になるので君の記憶は消しておいたはずなのに」

ジョザイアの手先であるこの男は、金を積まれればなんでも仕出かしそうで、警戒心が高まる。

いくら王からの命令とはいえ、本人の意思も無視して、魂と肉体を入れ替えようなどという考え、同じ人間の思考とは思えない。

「フフッ、捜していたのだよ。ローズ姫の肉体に入れるつもりが、行方不明になんてなるから」

男が指差す方へ視線を向け、セラフィーナはその先にあったものに青ざめた。

そこには魂を抜き取られ、死んだように眠るローズとアレッシュの肉体だけが、石台に並べられている。

そして、部屋の隅で、申し訳なさそうに肩を竦め大人しくしている、セラフィーナに扮したローズもいた。

「……私を、今度こそローズの身体に入れるつもりですか？」

「いいや。王命により、君には元の肉体に戻ってもらう。そして、これからも戦場の歌姫として、例の力を使ってもらわなければならない」

男の手には、漆黒の魔石が埋め込まれた木製の杖。

レイヴィンが探していた魂の杖とは、これのことなのかもしれない。

「貴方や陛下の思い通りになんてさせない。私はもう、戦場では歌いません！」

「君の意志など、どうでもいい。忘れたのかい、コレの存在を」

嘲笑う禁術使いが懐から取り出した小瓶。それを見せつけられ、セラフィーナは悲痛に顔を歪ませる。

その中には、キラキラと輝く光が閉じ込められていた。アレッシュの魂だ。

「ハハッ、この魂がどうなっても良いと？　魂を元に戻すも、破壊するも、僕の手の内だ」

「やめて！」

思わず縋るように訴えたセラフィーナの態度に、男は楽しげだった。

ローブを目深に被っているので、今どんな顔をしているのかわかりづらいが、その口元にはニタリとした気味の悪い笑みが浮かんでいる。

人の命をなんだと思っているのか。怒りが沸きあがる。だが国王の従順なしもべと化したこの男に、なにを言っても無駄だろう。

（どうすれば……どうすれば、アレッシュを助けられるの？）

続けるしかないのか、戦場で歌うことを。

「セラフィーナ……」

それでも、立ち向かう術はないのかと考えるセラフィーナへ、ずっと隅で大人しくしていたローズが、おずおずと声を掛けてくる。

ローズと手を組めば、立ち向かえるかもしれない。彼女だって、この状況をどうにかしたいと、自分と同じ気持ちでいてくれているはずだと、セラフィーナはまだ信じていた。

でも——。

「お願い、セラフィーナ。これ以上、お父様に刃向かおうとしないで」

「え……」

ローズは泣きそうなほどに困った顔をして、そうセラフィーナを説得してくる。

「あなたがこれからも戦場で歌ってくれるだけで、お父様の機嫌は直るのよ。いいじゃない、皆の力になれるんだから。セラフィーナは、いつだって皆から必要とされてるんだから」

ローズは、なにもわかってない。あの歌が、どんなに恐ろしいものなのか！

そう訴えたかった。けれど、実際に想いをぶつけることはできなかった。

——今、ローズをこんな顔にさせているのは……泣いてしまいそうなほど困らせているのは、陛下ではなくて私？

「アレッシュのことなら、わたくしも一緒に説得するわ。だからお願い。あなたさえ、戦場の歌姫でいてくれたら、全てが丸く収まるのよ」

自分が歌わないとアレッシュが助からない。

自分が歌わないから、ローズが困っている。

(大切な人を、苦しめているのは……私の言動なの？)

ジョザイアに立ち向かうことなど、この城の誰も望んでなどいなかった？

「もういいだろ。抵抗は止めて、元の肉体に戻りたまえ」

禁術使いの持つ杖に埋め込まれた漆黒の石が、不気味な光を放つ。

「…………っ」

セラフィーナは、抵抗せずに目を瞑った。正確には、もう抵抗する気力がなかったのだ。

そんなセラフィーナを見て、ローズもほっとしたように目を閉じる。

二人の肉体が杖と同じ色に閃光し始め、そこから光が触手のように伸びてくる。それに体の中をかき回されるような、気持ちの悪い感覚に耐え、次に目を開くと、セラフィーナは元の身体に戻っていた。

透けていない自分の手や足を見た後、ローズの様子を確認する。

石台の上に寝かされていたローズの身体がむくりと起き上がり、目が合う。

ローズは気まずそうに視線を逸らし、台から下りて立ち上がる。どうやら、身体の方はなんともなさそうだ。

「歌姫、調子はどうかな？」

禁術使いに聞かれ「問題ありません」と、表情もなく淡々と答えた。

「声も出るようでなによりだ」

そこへ突然、国王の側近の男が血相を変えてやってくる。

「なんだい、騒がしい」

「すみませんっ、例の薬師を取り逃がしました」

「なんと……」

ピクリと禁術使いの口元が歪む。例の薬師とは、レイヴィンのことだろう。

「現在行方知れずで」

「あの男……やれやれ。やはり、一筋縄ではいかないか」

レイヴィンが、この者たちの魔の手から逃げ出したのだと知り、内心ほっとした。

だが、ちらりとこちらを向いた禁術使いの視線に、嫌な予感がする。

「そうだ。丁度いい実験台があるのだから、歌妖の力が戻っているか、確認させてもらうとしよう」

ニタリと口の端を吊り上げた不気味な笑みに、肌が粟立つ。

「君が、あの怪しい薬師を、この国から追い出したまえ。直ちに」

「っ！」

「気になって調べてみたのだが、あの薬師、少々経歴におかしなところがある。それから、霊体となった君を匿っていたようだし。いったい何者なのか……一つ、僕に心当たりが。もし、彼の正体が想像通りだったなら、彼はジョザイア陛下に仇をなす邪魔者でしかない」

「っ……あの人は、ただの薬師です」

「ほう、彼を庇っているのか。それとも……まあ、いい。それならば追い出しても支障はないだろう。君はもう、声を取り戻したんだ」

まるで試されているようだ。本当に従順になったのかを。

「もし、君が追い出せないなら、僕が直々に始末してもいい。この僕に掛かれば、杖の一振りで全てを終わらせられるのだからね」

「待ってください！」

そんなことを言われたら、もうセラフィーナに選択肢は一つしかない。

「私が、彼を追い出します。この国から」

レイヴィンの魂をどうにかされるよりは、その方がマシだ。

「それはよかった。そうそう、これは君の力が戻っているかのテストの意味もある。存分に、歌妖術で彼をいたぶり追い出したまえ」

なんて人だと言いたくなったが「刃向かっちゃダメ」とローズに服の裾を摑まれる。

それから禁術使いに、アレッシュの魂の入った小瓶をチラつかせられ脅されては、もうなにも言い返せない。

　セラフィーナは絶望した。

　やはり自分は、この国から逃れられないのだと……。

「……わかりました」

　どうせ記憶を失う前の自分も、レイヴィンとは敵同士の道を選んで殺されたのだ。

　そう自分を納得させようとした。けれど、そこでふと疑問が浮かぶ。

（あら？　でも、私の魂を抜き取ったのが、この禁術使いだったなら……それはいつのこと？）

　レイヴィンに殺されたところで、セラフィーナの記憶は途絶えたままだ。

　けれど、本当はそこで終わりじゃなかった？

　やはり自分には、まだ思い出していない大切な、なにかが残っているようだ。でも……。

（もう、いい……思い出せないままで）

　自分はこれから、好きになった相手と敵対しなければならないのに。思い出したら、身動きが取れなくなってしまうような気がした。

　だったら、そんな過去はいらない。

　セラフィーナは彼への未練を断ち切るように、思考を止め地下室を後にしたのだった。

衛兵と対峙し、野次馬に囲まれ、物理的に逃げ場のない状況へと追い込まれたレイヴィンは、視線を巡らせ抜け道を探す。

駆けつけた衛兵は五人。全員相手にしてやってもいいが、野次馬の中にも刺客が紛れていることを想定すると分が悪い。

かといって反則技を使い、野次馬諸共殲滅させるのはスマートではない。

ならば——。

シャツの袖に潜ませておいた煙玉を地面に投げつけ、周りの人たちの視界を暗ませる。

「な、なんだこの煙は⁉」

「おい、逃がすなよ！」

突然の出来事に騒然とする中、衛兵たちが手探りでレイヴィンを捜すが——視界が戻った頃には、当然既にレイヴィンの姿はどこにもなかった。

「消えた⁉」

「嘘だろ……窓が開いている。下へ逃げたのか？」

「だが、ここは三階だぞ？」

ただの薬師が飛び降りて無傷でいられる高さではない。そう言い合いながらも衛兵たちは、窓の外に見える中庭の方へと向かう。

「いったいなにがあったの？」

「わからないけど、セラフィーナ様付きだった薬師の先生がなにかしたみたい」

「え〜、ショック」

野次馬たちも困惑の表情を浮かべつつ、散り散りに解散してゆく。

窓から飛び降りたと見せかけて、野次馬の中に変装したレイヴィンが紛れていたことを、誰も気付かぬまま。

追っ手を撒いたレイヴィンは、人目を避けながらも城の中を捜索した。

セラフィーナに扮したローズが、セラフィーナを攫ったに違いない。そして彼女もまた、別の人間の指示で動いているに過ぎないはずだ。

（セラフィーナの魂を取り戻しに来たということは、あいつを元に戻そうとしてるのか）

ローズじゃ歌妖術が使えないことがわかったからだろう。

ならば人目の付かない場所で、儀式をするに違いない。

この城で普段人の寄り付かなそうな場所はどこか、頭の中に叩き込んでいた城の見取り図を思い浮かべ推理する。

可能性が高いのは、今は使われていない隠し通路のある地下室、それから拷問室辺りか。

まずは地下室へ忍び込んでみたが、セラフィーナの姿はそこになかった。

人の気配も感じないが、念の為薄暗く肌寒い空気の籠る地下室の中を見渡してみる。

すると奥の方に並ぶ石台の一つに、誰かが寝かされていることに気付いた。

近付き手元に火を灯し確認すると、寝かされていた男の顔には見覚えがある。

「こいつは……」

セラフィーナの従者だった男ではないか。だが彼は病に倒れ静養のため、城から離れたことになっている。セラフィーナからもそう聞いていたのだが。

「禁術が掛けられているな」

気配でわかる。寝かされているのが、ただの死体ではないということが。

「そういうことか」

セラフィーナが頑なに歌うことをやめなかった理由が、なんとなく理解できた。

早くセラフィーナを見つけ出さなければ。

次に思い当たる場所といったら、この城の離れにある拷問部屋だ。

　セラフィーナになにかあってからでは遅い。手当たり次第捜そうと、地下の階段を駆け上がる。

　だが、捜し回るまでもなかった。

「レイヴィン……」

「セラフィーナ」

　地下室から出た廊下の少し先に彼女はいた。

「元に戻れたんだな」

　すぐに彼女が本物のセラフィーナだとわかる。

　間違えるはずがない。自分が焦がれている女性の本質を。

「ええ、戻りました」

「その割に、浮かない顔だな」

「……そんなこと、ないわ」

　それから少しの間、二人は見つめ合っていたが、その沈黙を先に破ったのはセラフィーナの方だった。

「前に、私の願いを一つだけ叶えるって言ってくれましたよね」

「ああ」

「その約束は、今でも有効ですか？」

「もちろん」

レイヴィンが頷くと、セラフィーナは一瞬だけ言葉を詰まらせ……けれど、感情を切り捨てた目をして口を開いた。

「なら、今すぐにこの国から出て行って。私の前から消えてください」

どうやら彼女はまだ、この手を取ってくれるつもりはないようだ。

「私は、これからも、この国で歌い続けます――あの歌を」

この瞬間から自分たちは敵同士だと、はっきりとしたセラフィーナの意志が、その言葉からは伝わってきた。

これからも歌い続けると宣言した。私の前から消えて欲しいとも。

これで自分たちは、完全な敵同士となってしまったと、セラフィーナは覚悟した。

だって自分は……レイヴィンが憎む禁術使いとして、生きてゆくと宣言してしまったようなものなのだから。

「それは、本当にお前の願いなのか？」

「そうです」

心の底に沈めた想いを悟られないよう平静を装う。

あの禁術使いは恐ろしい力を持っている。これ以上巻き込んで、もしレイヴィンがアレッシュのようになってしまったら……。

そんなことになるぐらいなら、ここで嫌われてもお別れした方がマシだ。

ただ問題は、レイヴィンが引き下がってくれるかということ。禁術使いだけは見逃せないと言われてしまうかもしれない。

そうしたら自分は、力ずくでレイヴィンを追い出さなければならなくなる。

そう思ったのに……レイヴィンの反応は予想とはまったく違った。

「そんな願いでいいのか？　もっと、我儘になってもいいんだぞ」

まるで、セラフィーナの本当の願いを見抜き、引き出そうと挑発するような彼の態度に、気持ちがざわめく。

本当は、その手を取りたい。何もかも断ち切って攫って欲しい。

このままだと、そんな本音を暴かれてしまいそうで、怖い。

彼を巻き込みたくないのに。アレッシュみたいに、レイヴィンまで失ってしまうのが、今自分はなにより怖いから。

「来ないで！」

一歩、こちらへ踏み出した彼を拒む。

「なにを言われても、私の気持ちは変わりません。さようなら、レイヴィン」

今まで、ありがとう。大好きだった。

その言葉は心の中でだけ呟き、両手を胸の前で組む。

そうして力の宿る歌を歌い始めた。

それはセラフィーナを戦場の歌姫と呼ばれるまでにしたあの歌でも、レイヴィンとの思い出の歌でもない。

拷問の時に歌わされていた、聴いた相手のトラウマを蘇らせ、精神的苦痛を与える歌だった。

「くっ……」

レイヴィンが、僅かに眉を顰めたのがわかる。

誰にだって思い出したくないトラウマはあるはずだ。それが大きければ大きいほど、この歌は効果を発揮する。

レイヴィンにも封じ込めている、重苦しい記憶の欠片があるのだろう。

幻覚が見えているのか、喉を掻き毟る様に押さえ息苦しそうだ。

これ以上、彼の苦しむ表情を見たくなくて、セラフィーナは目を瞑る。

早くここからいなくなって。自分なんて見捨てて、この国から逃げて。

そう願いながら、情緒が不安定になる曲調を歌い続ける。

なんで自分は、こんな力を持って生まれてきてしまったのだろう。

堪えきれなかった涙が、セラフィーナの頬を濡らした。

「そんな顔して歌うなよ」

目を開けると、いつの間にか目の前までレイヴィンが来ていた。

「っ」

逃げることなく、こちらに手を伸ばした彼は、そのままセラフィーナの頭を掻き抱くように、その歌を口付けで封じる。

突然のことにセラフィーナは目を見開く。

(どうして……)

今までこの歌を聴いた者たちは、苦しみのたうつか、許しを乞うて泣き叫んでいた。普通、聴けば耐えきれず逃げ出す歌なのだ。それなのに。

「今、お前に、素直になれる魔法を掛けた」

唇が離れ彼が囁く。あの夜のように不敵な笑みを浮かべて。

「だからお前は、本音しか言えない。俺に叶えて欲しい本当の願いは？」

「でも……でもっ」

どこまでもセラフィーナを見捨てることなく、俺を信じろと彼の目は語っている。

自分さえ我慢すれば全てが丸く収まるから。みんな、それを望んでいるから――そう自分の気持ちを押し込めたのに。

レイヴィンだけは、どんな状況でも諦めずにいてくれる。自分さえも投げ出そうとしたセラフィーナ自身の幸せを。

「どうして、私なんかのために、そこまでしてくれるの？」

「好きだからに決まってるだろ。こう見えて、惚れた女はたっぷり甘やかす主義なんだ」

「え……」

「だからお前が望むなら、どんな無理難題だって叶えてやる」

その瞬間、セラフィーナの中で何かが弾けた音がした。

ああ、そうだった。思い出した——自分は、あの夜、レイヴィンに殺されてなんかいなかった！

なにもせず剣を下ろしたレイヴィンは、もう自分の気持ちを誤魔化せないと、セラフィーナを乱暴に抱きしめ言ったのだ。

——お前が好きだ。お前を苦しめるこんな国から、この手で攫ってしまいたい。たとえ、協会に刃向かう結果になったとしても。

そう。彼は自分の任務より、セラフィーナを選んでくれた。

なにも答えられなかったセラフィーナに、一晩だけ考える時間をくれた。

でも、本当はセラフィーナの中でも答えは出ていた。

自分も彼が好きなのだと気付いてしまったから。

(私は、レイヴィンとこの国を出る決意をしていたんだ)

それなのに次の日の夜、約束の場所へ向かう前に、あの禁術使いに捕(つか)まり、記憶と身体(からだ)を奪(うば)われた。

それが全てだ。

自分がずっと思い出したかった、忘れてしまっていた大切ななにか。それはレイヴィンへの想い。

自分は、彼の手を取らず死んだんじゃない。彼と共に生きたいと決意し、記憶を失ってもなお、心の底でずっとそれを望み続けていたのだ。

「私……」

レイヴィンが聞かせろと言っていた『あの夜の返事』の意味も今ならわかる。

(私をこの世に繋(つな)ぎ止めてくれた大切ななにかは、貴方(あなた)の存在だったのね)

そうして、大切ななにかを取り戻(もど)したセラフィーナは、ようやく素直な願いを口にできた。

「私を……この国から助けて、レイヴィン」

「わかった」

その言葉を待っていたと言わんばかりに、レイヴィンが頷く。

そしてセラフィーナを自分の背に隠すと、いつの間にか曲がり角に潜んでいた人影に声を掛けた。

「出てこいよ」

「実に残念だ。出来れば歌姫に、どうにかしてほしい相手だったというのに」

ローブを目深に被った猫背の男が、禍々しい杖を手に姿を現す。

「レイヴィン……」

不安を隠せないセラフィーナへ、大丈夫だと目配せで伝え、レイヴィンは踏み出した。

男はレイヴィンが距離を詰める前に杖を掲げる。

セラフィーナはそれを見てドキリとしたが、杖から伸びてきた光を、彼は軽やかに避け、あっという間に禁術使いの懐へ。

「ぐはっ⁉」

腹に一撃を入れられ、禁術使いは勢いよく後ろの支柱まで吹き飛んだ。

「ゲホッ……暴力とは野蛮な……」

「野蛮か。禁術に手を出すような、陰湿な奴に言われる筋合いはないな」

「ハハ、なにを言う。禁術使いとは、特別な魔道具に選ばれた崇高な存在。一般人とも、

「崇高？　力に魅入られ、人の心を失った下種がなに言ってんだよ」

杖を振り上げ襲いかかってきた男の腕を、だがレイヴィンは容易く摑みとめる。

「は、放せっ！」

男は必死にもがくが、力ではレイヴィンに敵わないようだった。

「人を人とも思わず禁術を乱用する奴らを、俺は絶対に許さない」

「構わないね。下等な人々に理解などされなくてもいい。君こそ、思い知るんだ！　選ばれし僕との力の差をね」

くつくつと男が笑うと、再び杖が閃光を見せる。

「っ！」

レイヴィンは、すぐ飛び退き男から距離を取ったが、見守るセラフィーナは気が気じゃない。

触手に捕らわれれば、そこでおしまいだ。

(お願い、レイヴィン。無事でいて！)

祈ることしかできない自分がもどかしい。

だが、セラフィーナの心配をよそに、禁術使いの放つ触手が、レイヴィンを捕らえることは一度もなかった。

「クッソ、小癪な!!」

禁術使いは力を乱発するように杖を振り回していたが、レイヴィンの俊敏な動きに翻弄されるばかりだ。

彼は宙を舞うように床や壁を軽やかに移動し、器用に触手を避け続ける。

「フッ、この程度で粋がってたのか？　残念だが、お前じゃ俺の魂は盗めない」

隙を突き、再び禁術使いと距離を詰めたレイヴィンがニヤリと笑う。

「ひっ!?」

杖の力がダメなら、腕力ではとても敵わないと悟っている男は、追い詰められ怯えながらも懐から何かを取り出した。

「こっ、この僕に危害を加えたら、どうなるかわかってるんだろうな！」

「あっ!?」

セラフィーナは男が掲げた小瓶を見て、すぐにアレッシュの魂が閉じ込められている物だと思った。

青ざめたセラフィーナを嘲笑いながら、男はその小瓶を床に投げつける。

カシャーンッ――。

「いやっ⁉」

無残に砕け散った小瓶に絶望しながらも、セラフィーナはアレッシュの魂を捜し、ガラスの破片を掻き集めようと手を伸ばす。

「バカッ、素手で触るな！」

「でも、早く見つけないとっ、アレッシュの魂が！」

躊躇なくガラス片を触ろうとするセラフィーナの手を掴み、レイヴィンが止める。

「ハハッ、日の光を浴びた魂は消滅する。もうアイツの魂は終わりさ！」

ローブの男は、「恨むなら、僕を怒らせてしまった、そこの男を恨むんだね」と捨て台詞を吐くと、大事そうに杖を胸に抱き足早で逃げてゆく。

レイヴィンは、一度は男の後を追おうとしたが、涙目で取り乱すセラフィーナを見て諦めたようだった。

「やだ、アレッシュ、消えないでっ――」

どこにもアレッシュの魂が見つからない。男の言う通り、小瓶が割れた瞬間に、太陽の光を浴びて消滅してしまったのだろうか。

自分は、今までなんのために、苦痛の日々に耐えていたのかと、絶望して顔を覆うセラフィーナに「大丈夫だから、顔をあげろ」とレイヴィンは言う。

なにが大丈夫なのかと、意味がわからないまま、それでも素直に顔を上げたセラフィーナの目の前に、レイヴィンが差し出したのは――。

「ずっとお前がこの国に縛られていた理由は、これだったんだろ？」

「どう、して……」

　彼が持つ小瓶には、キラキラと輝く光が閉じ込められていた。

「あの男が割ったのは、偽物だ。本物は、その前にくすねておいた」

　あの戦闘のどさくさに紛れて、いつの間に盗んでいたのか。鮮やか過ぎるレイヴィンの怪盗としての手腕にセラフィーナは脱帽する。

「よ、よかった……うぅ、でも、心臓に悪すぎる」

　今度は安堵の涙を浮かべながら、セラフィーナはアレッシュの魂が封じられた本物の小瓶を受け取り、胸に抱きしめた。

　そんなセラフィーナの頭をくしゃりと撫でながら。

「そうだな。お前を散々虐めたあの男には、後で俺が痛い目みせてやるよ」

と、レイヴィンは呟いたのだった。

　アレッシュの魂を肉体に戻そうと、二人で例の地下室へ向かうと、そこには先客がいた。

先客は、ぼんやりと思い耽るように、魂の抜けたアレッシュの身体を見つめている。

「ローズ……」

名前を呼ぶと、彼女はハッとしたように顔を上げ――レイヴィンと共に現れたセラフィーナを見て、表情を暗くさせた。

「なんで……レイヴィン先生と一緒にいるの？」

レイヴィンをこの国から追い出すように、ローブの男から命じられていたはずなのに。

彼女の視線は、そうセラフィーナを非難していた。

「アレッシュを元に戻したいなら、ちゃんとあの人とお父様の命令を聞かなくちゃ！」

「ローズ……私、やっぱりもう、あの人たちの言いなりにはなれない」

それが、今度こそセラフィーナの出した答えだった。

「どうしてっ、お父様を怒らせたら、どうなるかっ！」

「でも……もう、陛下の横暴を見て見ぬフリして、元の生活には戻れないよ」

セラフィーナの言葉を聞いたローズの顔には、絶望の色が浮かんでいた。

もうセラフィーナは、自分と同じ方を向いていないのだと、察したのだろう。

「聞いて、ローズ。私が戦場で歌っていたのはね、兵士たちの人格を奪い惑わせる恐ろしい歌だったの」

「え……」

「私、もうあんなことしたくない。だからっ」

「だからって！　お父様に逆らうなど、信じられないわ……それは、レイヴィン先生の影響なの？」

「………………」

「今までどんなに辛いことも、一緒に耐えてきたじゃない。それなのに……あなたは。わたくしたちより、レイヴィン先生を選んだの？」

「っ！」

珍しく声を張り上げたローズに驚き、セラフィーナは言葉を詰まらせる。

「ひどいわ。セラフィーナなんて——大っ嫌い！」

それだけ叫ぶと、ローズは地下室を飛び出していってしまった。

「ローズ！」

セラフィーナは、すぐに彼女の後を追いかけようとしたのだけれど。

「少しほっといてやれよ」

二人のやり取りを静観していたレイヴィンに、引き留められる。

「あんなに頭に血が上ってちゃ、冷静な話し合いもできないだろ？」

「でもっ」

少し一人にさせて時間を置くべきだと彼は言うけれど。ローズが一人で泣いているかもと思うと、セラフィーナは落ち着かない気持ちになってしまうのだ。

「お前が甘やかすから、いつまで経っても独り立ちできないんだ」

「甘やかしてなんて……」

「本当に？」

「………………」

甘やかしているつもりなんてなかった。

けれど――彼女が嫌がることは、全部自分が引き受けてしまっていた。

表に出たがらない彼女の代わりに、彼女の手足となってしていた活動は、本当の意味でローズのためになっていたのだろうか。

レイヴィンの言葉で、ふとそんなことを考えてしまう。

それが彼女の引き籠り体質に、拍車をかけてしまっていたのかもしれない、と。

「大丈夫。もう、お前には頼れないって気が付けば、きっとローズ姫も変わってく。自分自身の意志で、な」

信じてやれと言われた気がして、セラフィーナは素直に頷いた。

まず、自分が一番にローズを信頼するべきだったのかもしれない。自分が過保護に支えなくても、彼女なら大丈夫だと。

「さあ、それより今は、お前の従者を元に戻してやらないと」

レイヴィンに促され、セラフィーナもアレッシュが眠る石台の前に立つ。

禁術使いもいないなか、元に戻すことができるのかと不安だったが、小瓶の栓を抜き、中の光をアレッシュの胸に注ぐと、吸い込まれるようにして魂は消えていった。

「ん……セラフィーナ？」

重そうに瞼を持ち上げ瞬きを繰り返すアレッシュに、掠れた声で名前を呼ばれる。

「お兄ちゃん！」

「わぁ、どうしたの？」

突然涙目のセラフィーナに抱きつかれ、きょとんとしながらも、アレッシュは妹をあやすように頭を撫でてくれる。

「よかった、本当によかった」

セラフィーナは状況がわからないでいるアレッシュに、今までのことを全て話した。

アレッシュを人質に取られ、歌妖の力を悪用されていたこと。レイヴィンと出会い、こうしてアレッシュを元に戻すことができたこと。

アレッシュは、驚きを隠せないでいる様子だったが、最後までセラフィーナの話を聞いてくれた。

「そっか……ごめんね。ボクが弱いせいで人質に取られて、セラフィーナにたくさん辛い思いをさせてしまっていたんだね、ごめん」

「ううん、もういいの。アレッシュが無事でいてくれたら、それでいい」

「セラフィーナ……それから、レイヴィンさんも、すみません」

セラフィーナの話を聞き、少し離れた場所から黙ってこちらの様子を見守ってくれている青年がレイヴィンなのだと、アレッシュは察したようだった。

「色々と、ご迷惑を掛けてしまったみたいで……不甲斐無いです」

「別に。俺は、セラフィーナのために動いていただけだ。だから、礼を言うならセラフィーナにだけでいい」

「そんなっ、私はなにも！　全部、レイヴィンのおかげなの。だから、お礼を言うならレイヴィンに」

二人の軽い押し問答に、アレッシュはくすりと笑う。

「それじゃあ、二人ともありがとう！」

「っ……うん」

アレッシュの木漏れ日のような笑顔を見て、ずっとセラフィーナの心に重くのしかかっていたものが、すっと溶けて消えてゆく。

（アレッシュが助かって本当に良かった……でも、まだ終わりじゃない）

「セラフィーナ、今の話を聞いてボクは確信したよ。キミは、これ以上この国にいてはいけない。今すぐ、陛下の魔の手から逃げるんだ！」

アレッシュが元に戻ったからといって、根本的な問題は、なにも解決していないのだ。

だからアレッシュも、セラフィーナの肩を掴み強くそう訴えてきた。

「本当は、ボクが連れ出してあげたいところだけど……ボクじゃ、きっと力不足だから。レイヴィンさん、彼女のことをお願いできますか？」

アレッシュは、セラフィーナを託すように、真剣な眼差しをレイヴィンに向ける。

彼とは、幼い頃からずっと一緒にいたのだ。だから少し話を聞いただけで、彼には伝わってしまったのかもしれない。セラフィーナの気持ちが。

「俺は、かまわないけど……どうする？」

レイヴィンはアレッシュからの頼みを聞き、何か問いかけるようにセラフィーナを見やった。

きっと、彼ならば、今すぐにここから攫ってとお願いすれば、易々それを叶えてくれる。

でも――。

「今は、まだ行けない」

セラフィーナは、首を横に振り、レイヴィンの手を取ることはしなかった。

アレッシュは「どうしてっ」と悲しそうに眉を顰めていたけれど、レイヴィンはセラフィーナがそう答えることを、まるでわかっていたようだった。

なにもかも捨てて、レイヴィンと逃げ出そうとあの夜は思った。

けれど今のまま逃げ出せば、きっと後悔が残ってしまうから。

レイヴィンとこの国を出る前に、自分にできる精いっぱいのことをしたいのだ。

この国で暮らす人々の未来と——いずれ女王になるローズのために。

「私……ジョザイア陛下を、失脚させようと思うの。協力、してくれる？」

セラフィーナの言葉を理解するまでに時間が掛かったのか、アレッシュは暫くポカンとしたまま固まっていた。

だが、レイヴィンは、迷うことなく頷くと。

「もちろん。お前に、最高の舞台を用意してやるよ」

不敵な笑みと共に、そう答えてくれた。

自分は今、とんでもないことをお願いしたのに——彼の、どんな時でも揺るがない自信に溢れた笑みに見惚れ「やっぱり、この人が好きだなぁ」と、セラフィーナはしみじみ自分の気持ちを自覚させられたのだった。

幼い頃から人見知りで、普通の人には見えないものが見えることで不気味がられ、他人

と係わることが苦手だった。

どうせ、自分なんて誰にも期待されていない。どうせ、これから一生、父王の言いなりになって生きていくんだ。そう思っていた。

けれど自分を卑下するたびに、一人だけ「そんなことないよ」と言ってくれる女の子がいた。彼女は誰からも愛されていて、自分には関心を向けてくれない父王にさえ、必要とされている。

そんなセラフィーナが、自分を認めてくれるたびに嬉しくて、けれど彼女の存在は時に自分には眩しすぎて……王女として周りから比較されるたびに息苦しい。

自分もセラフィーナみたいに振る舞えたら。セラフィーナみたいに、特別な力があれば。

誰からも愛されるお姫様になれただろうか……。

けれど、肉体を乗っ取りセラフィーナとして振る舞ってみても、結局彼女のようにはなれなかった。

ジョザイアには役立たずと罵られ、自分に自信が持てないままで……彼女の真似をすればするほど、虚しくなるだけだった。


「う、うぅ……」

地下室を飛び出したローズは、中庭の奥にある人気のない温室の片隅で、涙を流し縮こまる。

いつも味方でいてくれたセラフィーナを、裏切ってしまった代償は大きい。

自分は、父王の言いなりとなり、たった一人の理解者を失ってしまったのだ。

彼女は、ジョザイアの意向に刃向かい、謎の薬師レイヴィンを選んだようだ。

ジョザイアに逆らうなら、この国では生きていけない。だから、きっとあの子は彼と駆け落ちをする覚悟で王命に背いたのだろうと、それぐらい察しが付く。

そして残された自分は、ついにこの城で一人ぼっちだ。

「あの薬師は何者なの？」

セラフィーナの体を乗っ取った当日、いきなり部屋に忍び込んで来た時には驚かされた。

でも、彼の口ぶりを聞いてすぐに察した。二人は、恋仲だったのだと。

(そんなこと、セラフィーナは、わたくしに話してくれていなかったのに……)

「ううん、それだけじゃなく、あの子は、なにも……」

アレッシュが人質に取られていたことも、一人悩み苦しんでいたことも、セラフィーナはなに一つ自分に相談してくれなかった。

そして国を出て行くことまで、彼女は独断で決めてしまったのだ。

セラフィーナに見捨てられた。その事実に傷ついている自分がいる……。

自分にセラフィーナを責める権利なんて、あるはずないのに。

予定外のことが起き、セラフィーナの魂が行方不明になっていた期間、不安と罪悪感でいっぱいだった。

最初にセラフィーナの霊体を見た時は、自分を恨む彼女の亡霊が現れたのかと怖くなったけれど、彼女を元に戻すため魂を連れて来いと父王に言われた時にはほっとした。

またセラフィーナと一緒にいられる、と。

身勝手なことをしている自覚はある。けれど、でも……。

（やっぱり、わたくしには、セラフィーナがいてくれなくちゃダメなのっ）

今回の件でまざまざとそれを思い知らされた。

セラフィーナがいなくなったら、この国は、自分はどうなってしまうのだろう。

怖い。不安で堪らない。彼女に嫌われ見捨てられてしまったら、自分は……。

「うぅ、セラフィーナ、わたくしを置いていなくならないで。あの薬師さえいなければ、きっとこんなことにはならなかったのに……」

「そうかもな」

突然聞こえた声に、ローズは身を竦めて振り返る。

「レ、レイヴィン先生……」

誰にも見つからないように、ここまで逃げ込んだというのに。どうして、よりにもよってこの人に……。

「だが、悪いな。セラフィーナは、俺が貰ってく。この国からも、お前からも」

「なっ！　あなたなんかといたって、セラフィーナが不幸になるだけよ！」

レイヴィンの宣戦布告のような態度を受け、ローズの頭にカッと血が上る。

この男は、きっとなにも分かっていない。父王を怒らせたら、どんな仕打ちが待っているのかを。父王は、異常なまでにセラフィーナに執着している。もっと言えば、彼女の持つあの力に、魅入られているのだ。

「この国から一時的に連れ出したって、お父様に血眼になって捜され、連れ戻されるのがオチだわ。その後、二人にどんな不幸が待っているか……想像するだけでも恐ろしい」

そう吹き込んでやれば、彼も怖気づき一人で逃げ出すんじゃないかと思った。

でも――。

「どんな火の粉も、俺が振り払ってやるよ」

「い、一国の王を怒らせて、怖くないの？」

「全然。セラフィーナを失う恐怖に比べれば、なんてことない」

恐れも迷いもない、底知れない彼の眼差しにローズは怖気づく。

その瞬間、自分がなにを言っても、セラフィーナを引き留めることはできないのだと、悟ってしまった。

（セラフィーナは、もういなくなる……）

ローズは、そんな絶望感に打ちひしがれていたのだけれど……やがて、仕方ないと踏ん切りをつけた。彼女に見捨てられるようなことをしたのは自分なのだから。

それならば、せめて——。

「レイヴィン先生……一つだけ、約束してください」

「ん？」

「あの子を……セラフィーナを、絶対に幸せにすると。お父様の魔の手から守り抜くと」

時に妬ましくて、負の感情を向けてしまうこともあったけれど。本当は……セラフィーナが大好きだから、幸せでいてほしい。そうローズは心から願った。

そんなローズの想いが伝わったのか、レイヴィンは頷く。

「ああ、約束する。それから、お前は一つ勘違いをしているようだ」

「え？」

「セラフィーナは、お前を見捨ててこの国から出て行くつもりじゃない」

「そんな……嘘よ。わたくしはもう、セラフィーナに嫌われてしまったに決まっているわ」

「じゃあ、自分で確かめてみろ。さっきから、あいつはずっとお前を捜してる」

行ってやれとレイヴィンが指さす方向へ、温室を出てヨロヨロと向かえば、アレッシュと息を切らしてローズを捜しているセラフィーナの姿があった。

あんな酷いことをしてしまったのに。身勝手な思いを、ぶつけてしまったのに。

「ローズ、どこに行ってしまったの？」

レイヴィンの言う通り、こんなにどうしようもない自分を、見限ったりもせずに。

「あ、ローズ！」

こちらに気付いたセラフィーナは、やっと見つけたとほっとした顔をして、いつものように微笑んでくれた。

その瞬間、ローズの瞳から、大粒の涙が零れ落ちた。

「あの……セラフィーナ、アレッシュ」

涙を流しながら、ローズはゆっくりとこちらにやってくる。

「わたくし……」

そして「ごめんなさい」と頭を下げた。深々と。

「本当に、ごめんなさい。わたくし、自分のことしか考えてなくて、セラフィーナが一番大変な思いをしていたことにも気づかないで」

「ローズ……泣かないで」

涙の止まらないローズを見て、セラフィーナもつられるように眉尻を下げる。

「わたくし、ずっとセラフィーナが羨ましかったの」

「私が？」

「ええ、だってわたくしはこんなだから。セラフィーナみたいに綺麗じゃないし、人見知りで社交性もないし……あなたが羨ましかった。あなたみたいになりたかったの」

だからジョザイアから、セラフィーナとして生きろと言われた時、それを拒まず受け入れてしまったのだとローズは白状する。

「わたくし、アレッシュが人質に取られていたこともさっきまで知らないで、歌妖の力が悪用されていたことにも気付かず、セラフィーナに嫉妬して酷いことを……本当にごめんなさいっ」

声を震わせ何度も謝るローズに、セラフィーナは「顔をあげて」と声を掛けた。

「私は、ローズが思ってるほど出来た人間じゃないわ」

「そんなことない」

「ううん、それにね。ローズ、貴女には貴女にしかない良い所がたくさんあって、今のままでも十分魅力的なのよ」

ローズは泣き顔のまま、目を瞬かせている。

「陛下はいつだって見栄を張って、この国の見えるところにばかりお金をつぎ込んでる。貧富の差が開かないよう、国のバランスを保てているのは、ローズの活動があってこそでしょ」

「そんな、わたくしなんてなにも……みんなが慈善活動に協力してくれるのは、セラフィーナの人気があるからで」

「私は、貴女の手足となって動いていただけ。私を上手に使って賛同者を集めたのは、ローズの才能よ」

その資金を横領もせずちゃんと恵まれない子どもたちや、事情があり生活に困っている人々へ行き届くようなシステムを構築したのも、彼女の頭脳があったからだ。

なのに彼女は、自分の凄さを自覚できないままでいる。

そして彼女の功績は全部ジョザイアのものとなっているのも、セラフィーナは内心納得できていなかった。

それがジョザイアが、ローズに活動を許した条件だったためだ。

「ねえ、ローズ。貴女は、もっと外へ出て、私の言葉だけじゃなく、自分の目で見て確かめてみて。そうしたら、自分のしてきたことが誇れることだと、きっと実感できるから」

「っ……」

「ローズは、私の自慢の姉で親友なのよ」

「うっ……ごめん、ごめんね、セラフィーナ」

何度も謝罪の言葉を繰り返すローズを、セラフィーナはぎゅっと抱きしめたのだった。


セラフィーナとローズが和解し、アレッシュも元に戻った。

後は、前に進むのみだとセラフィーナは、気を引き締める。

「でも、これからどうしたらいいのかしら。お父様は、セラフィーナの力に執着しているわ。逆らったら、罰を与えられるかもしれないし……」

「大丈夫。罰を受けてもらうのはあの人のほうだから」

「なにを言っているの。この国であの人に逆らえる者なんているわけないじゃない」

「いるわ、ローズ」

まだ意味がわかっていないローズは、きょとんと目を丸くした。

「私は、あの人を失脚させようと思っているのだけど、どう？」

「な、な!?」

ローズは青ざめながら、口をパクパクさせた。

アレッシュは、ボクもさっき同じように驚かされたよと、苦笑いを浮かべている。

「私は、今すぐにでも貴女が女王陛下になればいいと思っているの」
「あの人が健在のうちに失脚させるなんて、夢物語だわ」

実現できるわけがないと言うローズに、セラフィーナはやってみなくちゃわからないと訴えた。

「動かないとなにも変わらない。このままあの人の言いなりになる人生なんて。ローズは、それでいいの？」

彼女は、まだ本音を言うのを恐れるように口を噤む。

セラフィーナも一度は、これからも我慢し続けるしかないと思った。それでいいと。でも、それじゃ誰も幸せにならない。自分も、ローズも、アレッシュも。

「お願い、ローズ。私に力を貸して？」

まだ若い彼女を認めてはくれない者もいるだろう。けれどローズは、女王としての器を持っている。そうセラフィーナは信じている。

権力に溺れ、争いを望んでいない国にまで兵を送って嗾けるような王より、ずっと彼女は平和的な方法でこの国を導ける人だと思う。

「ボクもセラフィーナの意見に賛成だな」
「アレッシュ……」
「大した力にはなれないけど、ボクもローズ姫を支えるから」

セラフィーナの言葉を後押しするようにアレッシュに言われ、ローズの瞳に少し覚悟が宿ったようだった。

「でも……いったい、どうやって？」

「今夜の豊漁祭で、私はジョザイア陛下を告発しようと思うの」

「えぇ⁉」

またもや、ローズが声を上げて驚く。

アレッシュも、先ほど同じように驚かされたと、再び苦笑いを浮かべる。

だが、セラフィーナの決意は揺るがなかった。

善人を装っている陛下の化けの皮が剝がれれば、ローズを支持する勢力もきっと拡大するはずだ。

その後、このチャンスを活かせるかはローズの手腕に掛かっているが。

それを聞いたローズは、戸惑いと不安の表情を浮かべ、いつものように髪の毛先をいじり俯いてしまった。

けれど、そんな彼女を急かすことなく、見守り続ける。すると――。

「………わかったわ。セラフィーナが立ち向かおうとしてくれているんだもの。わたくしだけ、逃げ出すなんてしたくない」

「ローズ！」

初めて見る凛々しい表情の彼女は、美しく頼もしかった。

もう、彼女なら大丈夫だと、心から信じることができるぐらいに。

だからセラフィーナは、もう一つ胸の内に秘めていた想いを二人に伝える。

「……私、告発を成功させたら、ウェアシス国を出ようと思っているの。歌妖の力は封印して、二度と歌わない。普通の女の子として生きてくわ」

ローズとアレッシュは、それがセラフィーナの望みなら応援すると言ってくれた。

レイヴィンもきっと、賛成してくれるはずだ。

これで自分は、彼の憎むべき禁術使いじゃなくなるのだから。

だが、気が付くとレイヴィンの姿はどこにもなかった。

最初は、一緒にローズを捜してくれていたのだが、いつの間に……。

「あら？　そういえば、レイヴィン先生はどこへ？」

彼がいないことに同じく気付いたローズが、自分を見つけて声を掛けてくれたのはレイヴィンだったのにと教えてくれる。

「……大丈夫。彼には彼のやるべきことがあるみたい」

きっと、時が満ちれば、また彼の方から姿を現してくれる。

そう信じるセラフィーナに、不安の色は微塵もなかった。

六章　そして消えた歌姫

この国での荒稼ぎもこれまでか。

渋い顔をして、ローブの男は人混みを足早に掻き分け港へ向かう。

この国では色々と美味しい思いをさせてもらったが、自分の予想が当たっているなら、ジョザイアの悪事はもうすぐ暴かれるだろう。

この大陸で禁術に手を出している者たちの間で、囁かれている噂がある。禁術の罪を犯した者を、裏で裁き秘密裏に粛清している組織が、この大陸には存在しているのだと。

(あの男の強さは異常だ、例の組織の噂は本当だったんだっ！)

粛清されるなんて冗談じゃない。ジョザイアに仕えるのも潮時だ。

港に着いたら、すぐに出航しそうな船を適当に見つけこの国から逃げよう。

(僕は、こんな小国で終わるような器じゃない。なんてったって、杖一振りで魂を操れる高尚な禁術使いなのだからね！)


カー、カー、カー。

「チッ、耳障りだな」

先ほどから、空高く頭上を旋回する烏の鳴き声が妙に耳に付く。

そんなはずないが、まるで自分を尾行し、誰かに居場所を知らせているような不気味さと胸騒ぎを覚え、気持ちが落ち着かなくなってくる。

カー、カー、カー。

「っるさい、黙れよ！」

苛立ちが募り、石でも投げつけてやろうかと上を向いた瞬間。

ドンッと、向かいから来た通行人と肩がぶつかりローブの男はよろけた。

「痛いじゃないか！　気をつけろよ！」

「…………」

だが、ぶつかった通行人は、無言のまま人混みに紛れ、すぐに見えなくなってしまう。

むしゃくしゃしながらも、わざわざ追いかけてまで、文句を言っている時間はないので、仕方なくあきらめる。

「なんなんだ。今日は厄日か」

ブツブツ言いながらも、男は再び歩き出した。

とっとと、こんな国とはおさらばだ。

自分は、この杖さえあれば、どこに行っても引っ張りだこの禁術使いなのだから。

ぎゅっと大切な杖を握りしめほくそ笑む。

人混みを抜け港に着いた頃には、いつの間にかうるさい鳥も姿を消していた。

「さてと、行くか。新たな門出だ――」

自分の人生を変えてくれたこの杖と共に。

一歩踏み出し、男はずっと大事に握りしめていた杖に視線をやって……石のように暫し固まった。

「………」

自分の目を疑い何度も見返してみたのだが、残念ながら見間違いではないようだ。

男が手にしていた魂の杖は――いつの間にか、ただのこん棒へとすり替わっていた。


「ど、ど……どういうことだー!?」


港に虚しく男の絶叫がこだまする。

こうして、魔道具を失ったことにより、一人の禁術使いは喚き散らすただの不審者となり、巡回していた警備の人間に連行されていったのだった。

レイヴィンは当初、自分の手でジョザイアを告発し、セラフィーナを攫う予定だった。

けれど記憶を取り戻した彼女は、自分で現実と向き合い、仲間たちと前に進もうとしている。

ならば自分が表立って動く必要はない。だから、彼女を裏から支援することにした。

魂の杖を回収し、ローブ男の間抜け面を見届けたその足で、外観の寂れた飲み屋の地下にある、協会支部へと向かう。

『やあ、レイヴィン君。その後、なにか進展はあったのかい？』

通信石で呼び出した上司は、いつもの調子で応答してきた。

「はい。ウェアシス国に潜んでいた禁術使いを潰し、魔道具を回収しました」

『魔道具？　歌妖の一族の力は、その歌声にあるはずだが？』

上司はまだセラフィーナが敵であり、禁術使いと認識しているようだったので、詳細を伝える。

セラフィーナが歌妖術を使わざるを得ない状況を作っていたのは、ジョザイアに金で雇われていた禁術使いが原因だったこと。

そして、自らは禁術を使う能力がないものの、金や人質で禁術使いを意のままに操り、好き勝手していた諸悪の根源は、国王ジョザイアであるということを。

『う〜ん』

「魔道具『魂の杖』は回収済みです。必要であれば、使い手だった男も連行できますが」

『でもねぇ〜』

真実を説明してもなお、上司の反応はいまいちだ。

「まだなにか？」

『歌妖の一族は、人を惑わせる。さらに裏を突いて、やはり全ての黒幕は歌姫だったということは？』

「先日、先に回収した毒蛇の壺を、支部から転送魔術で送ったと思いますが」

『ああ、あれね！　届いたよ。あれが出回れば、大変なことになっていたところだ』

「ジョザイア王が、あの壺を戦争で利用しようとしていた裏付けも取れたので、後ほど報告書として提出します」

それは紛れもなく、セラフィーナが歌わなくなったことで負け戦が続き、焦ったジョザイアが新たな力を得ようとしていた証拠となるだろう。

『う～ん、どこまでもきみは、歌姫を庇うんだね』

「そういう貴方は、彼女をなんとしても禁術使いとして、始末したいようですね」

少々浮世離れした所があるものの、この上司は馬鹿じゃない。

ここまで証拠を揃えれば、今回の黒幕がセラフィーナではなかったことを、既に理解しているはずだ。それなのに……。

『だってねぇ、危険な存在であることに変わりない彼女を、野放しにすることはできないよ。ジョザイア王をどうにかしても、また第二第三の悪が現れて、彼女の力を利用しようとするかもしれないだろ？』

それでも暗殺処分は不当だと受け入れないレイヴィンに、上司は「なら、協会に一生幽閉しとく？」と軽い口調で言ってきたが。

「冗談じゃない。俺が彼女を守ります。もう二度と歌妖術を悪用されないように」

『レイヴィン君……まさかとは思うけど、暗殺対象と本気で恋に落ちたなんて言わないよね？』

「いけませんか？」

あまりにも潔く事実を認め、しれっとしているレイヴィンに、上司はムキになり畳み掛けてくる。

ない。

『それは、問題だ！　怪盗失格じゃないかい。任務に私情を挟むなんて、けしからん』

チクリと嫌みでも言いたくなったのだろうが、レイヴィンはそんな言葉、痛くも痒くもない。

「なら……なにを言われても、彼女への想いは捨てられそうにないので、免職されてもかまいません」

『えぇ⁉　それは困る……もっと困るよ！　きみみたいに優秀な人材、手放すわけないじゃないか。はぁ、何を言っても、もう無駄か……わかったよ。無事に歌姫を連れ帰って面倒みると約束するなら、きみの言葉を信じ彼女への暗殺任務は取り消そう』

「ありがとうございます」

『……しかしねぇ、わたしは復讐の鬼だったきみを買っていたのに。どんな任務にも動じない冷徹さが売りだったきみが、人の心を取り戻し腑抜けになったりしたらと思うと』

いったいこの上司の目に自分は、どんな冷血漢に映っていたのか少々引っ掛かるが……。

「これからも、俺は容赦しません。魂を悪魔に売った禁術使いたちは、叩き潰す所存です」

上司の心配を鼻で笑って蹴散らしたレイヴィンの態度に、「その意志は変わっていないようで、なにより」と、安堵を浮かべて上司も笑った。

「セラフィーナの件はどうなった」

協会支部から戻ったレイヴィンは、黒いローブを目深に被り禁術使いに扮すると、声音を完璧に変え王の前に跪く。

「無事、元の身体に戻しました。声も取り戻し、大人しく本日の豊漁祭にて歌姫として復帰するそうです」

「ならば、すぐに戦場の歌姫としても復帰させる。刃向かうようなら、アレッシュの魂で脅せ。特に今夜、セラフィーナがおかしな動きをしないよう、貴様も後ろに控えていろ」

「はい」

「ククク、しかし禁術とは実に素晴らしい力だな。禁じられているからこそ、禁忌を犯す度胸のある一握りの人間だけが恩恵に与れる！」

「左様でございます」

「その中でも、歌妖の力というのは特別だ。あいつは生きた魔道具。どんどん能力が拡大してゆく。これからも、大陸にちらばった楽譜を集め、セラフィーナを最強の魔道具にするのだ」

「……素晴らしいお考えです」

胸糞悪さに思わず殺気を放ちそうになったがなんとか堪え、レイヴィンは適当な相槌を打つと、くつくつと上機嫌に笑うジョザイアに一礼して、部屋を後にした。

（さてと……）

ジョザイアが執務室に籠っているうちに、奪っておきたいものがある。

廊下で数名の近衛兵とすれ違ったが、皆、行方を暗ませた薬師のレイヴィン捜しに、躍起になっているようだった。

それを尻目に王の寝室前に着いたレイヴィンは、特殊な針金を使い鍵を開けて中に入る。

ここへ来た目的はただ一つ。

前にセラフィーナが話していた、例の貝殻を求め隠し扉へと手を伸ばした。

祭りの前、自室に戻ったセラフィーナは、ジョザイアを告発するための準備を始めていた。まずは自分が知っている限りの告発を文書にしてゆく。

あれからレイヴィンとは、一度も顔を合わせられず夕方になっていた。

きっと彼は彼のやるべきことを今行っているのだろう。だから、自分も頑張らなくてはと、気持ちを奮い立たせる。

ジョザイアが独裁的な力を持つこの国で、本当に揉み消されず告発がうまくいくのか、不安もあったが弱気になってはダメだ。

もし失敗したら……その時は、ローズとアレッシュを巻き添えにしないよう、自分だけ罪を被る覚悟を持って、セラフィーナは再びペンを走らせる。

コツコツコツ。

そこへ、ノックの音が聞こえた。部屋のドアではなく、バルコニーのガラス戸を鳴らす音に、セラフィーナはすぐに駆け寄る。

「レイヴィン！」

そこにいたのは思った通りの人物だった。

バルコニーから自分に会いに来る人なんて、彼しかいないから。

「調子はどうだ？」

「……先ず先ずかしら」

レイヴィンはセラフィーナの少しの強がりを見抜いたように、ふっと笑うと一枚の羊皮紙を差し出してきた。

「こっちの準備は完璧だ。安心しろ」

「準備？　え……ラトシェブル帝国から!?」

羊皮紙に書かれていた内容に目を通し、セラフィーナの表情がみるみる驚きに変わる。

それは歌い手を脅迫し、歌妖術という危険な力を争いに利用したことを含め、ジョザイアの数々の行いを非人道的だと非難し、帝国から調査員を派遣するという内容だった。

今回の件は、もうこの国の中だけの問題ではなくなったということだ。

文末の署名箇所には、ラトシェブル帝国皇帝の名と押印が刻まれている。

この大陸にある数々の国の王たちの頂点に君臨する皇帝には、さすがのジョザイアも逆らえるはずがない。

事と次第によっては皇帝の一声で、帝国だけじゃなく、大陸中の強国を敵に回すことになるのだから。考えただけで恐ろしい。

「こんなすごいもの、どうやって?」

皇帝なんて、王家で育ったセラフィーナにとっても、雲の上の存在なのに。

「ちょっと、な。今まで散々こき使われたけど、恩を売っておいてよかった」

「恩って……」

聞けばレイヴィンの所属する協会は、皇帝御用達で太いパイプがあるのだとか。

彼は、なんてことないようにそう教えてくれたけれど。

「それでも、こんなに早く手を回してもらうのは、大変だったんじゃ……」

「いいや。俺は、この目で見たもの全部、協会に報告しただけだ」

そして、毒蛇の壺がジョザイアの悪事と本性を暴く証拠となり、禁術使いから魔道具

『魂の杖』を押収したことで、セラフィーナが大切な人を人質に取られ脅されていた証拠として上司にも認められたらしい。

「禁術使いとしてのセラフィーナの容疑も晴れた。もう、誰にもお前を責めさせはしない」

「私……レイヴィンに、助けてもらってばかりね」

申し訳ない気持ちに苛まれたセラフィーナの頬へ、レイヴィンは慰めるようにそっと触れた。

「それは違う。最初に、俺を助けたのはお前だ。それから、俺を変えたのも……全部お前の力だよ」

「っ！」

「だからこれは、二人で手に入れた結果だろ」

「……ありがとう」

「それから、これ」

「それは！」

ずっと前にジョザイアに取り上げられていた、両親の形見の青い貝殻を差し出された。

意識をソレに向けると、歌妖の一族にだけわかる旋律が確かに聞こえる。

懐かしさで胸がいっぱいになったけれど、セラフィーナはそれを受け取ることを躊躇った。

「これだろ、お前が言ってた貝殻」

「うん……でも、それは歌妖の危険な力が宿った物だから。レイヴィンの方で処分して？」

「いいのか？」

「いいの……もう、一族の名は捨てて生きると決めたの。歌妖の力は、とても恐ろしいものだから。語り継いで後世に残してはいけないわ」

歌妖の一族最後の生き残りとして、自分の代で終わらせるべきなのだ。

それが、脅されていたとはいえ、あの歌を戦場で歌い続けてしまった自分が、今できるせめてもの罪滅ぼしだと思った。

「……前に、この歌について知りたいって言ってただろ？」

「え、ええ」

確かに言った覚えがある。アンジュだった時に、自分の失った記憶の手掛かりになる気がして。

「これに宿っている歌の名は、鎮魂歌」

レイヴィンは約束通りこの歌について、わかる限りの情報を集めてくれていたようだ。

「歌い手の力量次第で、あらゆるものを鎮める力を持つ、癒しの歌と呼ばれていたらしい」

「癒しの、歌？」

「セラフィーナの歌声は、人を傷つけるだけの道具じゃない。救うこともできる力だ。少なくとも、あの夜に俺はお前に救われた」

「っ！」

「お前が苦しむだけなら、歌う必要なんてないと思ってた。けど……アンジュとして、楽しそうに歌うお前の姿を見て、本当は歌が好きだって気持ちが伝わってきたから。いつかまた、自分の力を恐れないで歌える日がくれば良いと思ってる」

そう言いながら、レイヴィンはそっとセラフィーナの掌に貝殻を載せてくれた。

貝殻からは強張っていた心を解すような、優しい旋律が聞こえてくる。

セラフィーナは、その貝殻を突き返すことができず胸元で握りしめた。

（こんな私に、これからも歌う資格なんてあるのかしら……）

もう一度、歌うことなど許されるのだろうか。

それでも、レイヴィンの言葉を聞き、セラフィーナの心は再び揺れ動いていた。

セラフィーナは、一人馬車に揺られていた。今は豊漁祭の最後に歌を捧げるため、会場となる港の灯台へと向かっている最中だ。

ここ数日アンジュとして過ごしていた時は、まさかこんなことになるなんて思ってもみなかったのに。

今は窓ガラスに、見慣れた自分の顔がはっきりと映し出されている。

なんだか長い夢を見ていたような気分だ。自分が霊体になっていた時間全て。

けれど、あの出来事がなければ、こんな風に前に進むため立ち向かおうとは、決心できなかっただろう。

そう考えると、今までの経験も全部、無駄ではなかったと思える。

そんな物思いに耽っている間に、馬車が止まりドアが開かれた。

「セラフィーナ、準備はいい?」

(アレッシュ)

セラフィーナは目で合図を送ると、人目があるため淑やかに馬車から降りた。

まだジョザイアは、人質だったアレッシュが元に戻ったことを知らない。

そのためレイヴィンの手解きにより眼鏡を外し髪型を変え、いつもと雰囲気の違うアレッシュが近衛兵に変装し会場に紛れていた。

危険を防ぐため、離れたところから見守っていてほしいと願ったのだが、セラフィーナの従者としての最後の仕事を、どうか近くでまっとうさせてと懇願され、セラフィーナが折れた結果だ。

「そろそろ、時間だ。行こう」

衛兵たちにガードされ、集まった国民の注目を浴び灯台まで辿り着く。

道を歩いている最中も温かな拍手に、歌姫として笑顔で手を振り応え、セラフィーナは灯台の中へと入って行った。

見晴らし台へと続く階段の前には、いつもきっちりと編み込まれていた髪を解いた、美しい姫君の姿があった。

その佇まいから、これからは自分が表に立つのだという、彼女の覚悟が伝わってくる。

「ローズ、とても綺麗。それにカッコイイ」

「やだ……セラフィーナの方が、ずっと綺麗だわ」

僅かに頬を赤らめ、毛先を指で弄ぶ姿はいつものローズで、セラフィーナは思わずくすりと笑ってしまった。

「行きましょう」

目を合わせ頷き合い階段を上りだす。

ランプで足元を照らしてくれるアレッシュを先頭に、ローズ、セラフィーナと後に続く。

黙々と階段を上った。そして間もなく灯台の見晴らし台に続く扉の前に到着する。

そこで三人は、ドアを開く前に足を止めた。

セラフィーナは、この場でジョザイアを告発すると言った。だから、このドアを開いて舞台に立った瞬間から、もう今まで通りではいられなくなる。

そんな緊張と名残惜しさ、様々な感情がそれぞれの胸の中に、渦巻いているようだった。

「セラフィーナは、告発を終えたらこの国を出ると言っていたけれど、当てはあるのかい？　その……もちろんレイヴィンさんと、だよね？」

気遣うようにアレッシュに聞かれ曖昧に頷く。

あまり詳しいことを話して、二人にセラフィーナを逃亡させた罪など着せられては困るので、それ以上は伝えないようにした。レイヴィンの正体も、なにも。

告発も同じだ。なにかあった時に、二人を巻き添えにしないよう、表立って動くのは自分だけでいい。そんな思いから、セラフィーナは二人に協力は仰がなかった。

でも、ただ一つだけ、ローズにお願いしたいことがある。

「……ねえ、ローズ」

「どうしたの？」

「私がいなくなっても、養護施設の子たちが心配しないよう、貴女が会いに行って伝えて欲しいの。セラフィーナは、きっと異国の地で幸せに暮らしてるって」

そして、あの子たちが寂しがらないよう、これからはたまにでもローズが、子どもたちの遊び相手になってくれたら嬉しい。

いつもなら俯いて、困ったように視線を逸らすローズだったけれど、今日は違った。

「わかったわ。あなたのようにはできないかもしれないけれど……わたくしも、子どもたちと仲良くなりたいから、がんばってみる」

「うん！」

その返答が嬉しくて、セラフィーナは顔を綻ばせた。

「行こうか」

アレッシュに言われ、二人は表情を引き締める。

重たい鉄の扉を開けると、アレッシュは後ろに控えた。

ローズとセラフィーナが見晴らし台に姿を現すと、歓声が沸く。

地上は歌姫と未来の女王を見ようと、たくさんの国民で埋め尽くされていた。

いつも人前に出ると表情の強張っているローズだったが、今は笑みを浮かべ、綺麗な佇まいで地上にいる国民に手を振り応えている。

(大丈夫、きっとすべてうまくいく)

セラフィーナは、自分の緊張を解く呪文のように、心の中でそう唱えた。

そこでガタンと音がして見晴らし台のドアが開かれる。

「さあ、式典のお時間です」

国王と共に入って来た黒いローブを目深に被った男の一声で、アレッシュはジョザイアに悟られないようさらに一歩後ろに下がった。

ジョザイアはローズには見向きもせず、セラフィーナに声を掛ける。

「声を取り戻し、歌姫として復帰することを選んだのは褒めてやろう」

威圧的な視線に射貫かれても、セラフィーナはそれに臆することなく無言だった。

ジョザイアはそんなセラフィーナの態度に気付くこともなく、拡声石の杖を立て石の部分に手を置こうとしていた。

魔術が施されたそれに触れて喋ることで、発言者の声を広範囲に届けることができる仕組みだ。発言者の姿を直接目にして耳を傾けている人物にならば、豆粒ほどにしか見えない距離にいても言葉が届く。

「皆、今宵はよくぞこの場に集まってくれた」

国王からの言葉に国民たちが沸き立つ。

それを尻目にセラフィーナとローズは、こっそりと言葉を交わした。

「ローズ、これを」

「なに？」

ジョザイアが国民に向けて言葉を続ける少し後ろで、セラフィーナはバレないように、そっとローズへ手紙を握らせる。

「後で読んでみて。貴女が女王になるための切り札になるから」

　それは先ほどレイヴィンに貰った帝国からの通知書だった。それから、戦場の歌姫としてセラフィーナがさせられてきた、非道な行いについての告発文も添えてある。

「さあ、セラフィーナ」

　そんなこととはつゆ知らず、挨拶を終えたジョザイアが、セラフィーナへ歌うように命じた。

　ついに、この時がきた――。

　セラフィーナは、受け取った拡声石に手を乗せ、トンッとその石突きで地面を鳴らす。

　国民たちは歌姫が歌い始めるのかと口を慎み、辺りは静けさに包まれる。寄せては返す波の音が耳に届くぐらいに。

「皆様に、お話があります」

　ローズはついにきたかと息を呑み、セラフィーナを見守っていた。

「私は、ジョザイア陛下の数々の非道な行いを、この場を借り告発いたします」

「な、なにを言っておる！　貴様、余計なことをしたらアレッシュがどうなるかっ」

　ジョザイアは顔色を変えたが、アレッシュという人質を出せば、セラフィーナは自分に逆らえないとまだ信じているようだった。

どうにかしろと、後ろに控える禁術使いに視線を送る。だが、彼は無言のまま動かない。

「ボクが、どうかしましたか？　ジョザイア陛下」

すると、ずっと近衛兵のふりをして、ドアの前に立っていたアレッシュが前に出る。

「なっ⁉　貴様、なぜここに⁉」

元に戻ったアレッシュの姿に、ジョザイアは幽霊でも見たように目を白黒させた。

そしてアレッシュは、ジョザイアがセラフィーナの告発を邪魔しないよう羽交い締めに。

「なにをする！　放せ、余にこんなことをして、タダですむとっ！」

すぐに助けは来ない。狭い見晴らし台に護衛をたくさん従えては見栄えが悪いと、他の従者たちを灯台の下に控えさせていたのが、仇となったのだ。

階段を駆け上がってきた従者たちも、ローズがドアを押さえ封じ込める。

「私が、戦場で陛下に歌うよう強要されていたのは、兵士たちの自我をなくし、凶暴にする恐ろしい歌でした」

その歌がもたらす内容を聞いた国民たちは、顔色を変え騒然としている。

「そうとは知らず……いいえ、知った後も私は、自分の弱さから陛下に逆らうこともできず、歌い続けてしまった……けれどっ、もう耐えられない！」

「バカを言うなっ！　誰のおかげで、貴様は戦場の歌姫としていられたと思っている！」

取り乱す王の姿を見て、国民たちもセラフィーナの話に信憑性を感じたのか、波紋が広がってゆく。

「それが真実ならば、なんて恐ろしい王だ！」

「国を守る兵士たちを、なんだと思っているの！」

ジョザイアを非難する者たちの叫びと、困惑する観客たちのざわめきが、灯台の上まで届きだす。

野次を飛ばすだけでは収まらず、灯台に殴り込んで来ようとする者もいたが、下に控えていた近衛兵たちが、それを止め拘束した。

それでも真実を知った国民たちの、抗議の声は鳴りやまない。

その中には、戦争で命を落とした兵士たちの家族もいるのだろう。

「あたしの息子も、戦場で洗脳されていた可能性があるということ？　ひどいっ」

「なんとか言ったらどうだ、ジョザイア陛下！」

敵意を向けられたジョザイアが、すごい形相で舌打ちをしている。

下では、灯台に上ってこようと押し寄せる民たちと、それを抑え込もうとする近衛兵。

そんな彼らに巻き込まれ、もみくちゃにされている人々もいて、混乱が起きている。

（どうしよう、私の告発のせいで……）

ある程度の混乱は予想していた。

けれど、このままここで暴動が起きてしまったら、巻き添えによる怪我人も出てしまうかもしれない。

（こんなやり方で王を告発するのは、間違いだった？）

だが、真実を隠し歌い続ける道を、選ばなかったことに後悔はない。

ならば今、自分が混乱を起こしている民たちに、できることはなにか考えよう。


——セラフィーナの歌声は、人を傷つけるだけの道具じゃない。救うこともできる力だ。

先ほどのレイヴィンの言葉を思い出しハッとする。

——これに宿っている歌の名は、鎮魂歌……歌い手の力量次第で、あらゆるものを鎮める力を持つ、癒しの歌と呼ばれていたらしい。


（鎮魂歌……）

人を惑わせる自分の歌声を捨て、一族の力を封印することが、自分にできるせめてもの罪滅ぼしなんじゃないかと、セラフィーナは思っていた。

二度と同じ過ちを繰り返さないためにも。でも——。

今まで傷つけることにしか使ってこなかった自分の歌声に、本当に誰かを癒せる力があるのだろうか。

それに、彼らにしてみれば、戦場で歌い続けた自分も、ジョザイアと同罪になるだろう。

そんな自分の歌が、今の国民の心に届くかもわからない。

セラフィーナはためらいながら、それでも拡声石のついた杖を手に取り一歩前へ踏み出す。

もし、自分の歌が悲しみを、少しでも癒す力を持っていたなら。

そう願い、勇気を振り絞り、想いを籠めた歌声を響かせた。

「もう、ジョザイア陛下の好きにはさせるな！」

「おい、こいつらを連行しろ！」

罵声の響き合う地上に、突如優しい旋律が響き始める。

「このやろう、よくもっ――」

「なに、この歌――」

不思議な歌声に包まれて、いがみ合っていた者たちも、毒気を抜かれたように摑み合うのをピタリとやめた。

やがて人々を惹きつける美しい声音に、皆が耳を傾け始める。

「これは、セラフィーナ様の歌声……」

「ああ……なにかしら。この歌を聴いていると、胸が温かくなってくる」

いつの間にか喧騒は静まり、涙を流す者もいた。

それはまさに、あらゆるものを鎮める鎮魂歌だった。

「〜〜〜♪」

歌い終えたセラフィーナは、起きかけていた暴動をやめてくれた人々を確認し、自分の歌が彼らに届いたことにほっとする。

（よかった……）

恐ろしい一族の力を自分の代で終わらせることが、自分にできる贖罪だと思っていたけれど、そうじゃないのかもしれない。

そっと自分の胸に手を当て、歌で落ち着きを取り戻してくれた国民たちを見て、そう思う。

歌妖の力を、善にするも悪にするも自分次第だった。

ならばこれからは、傷つけるのではなく、誰かを癒し笑顔にできるような歌い手でありたい。そのために、この力を使ってゆくことこそが、一族の生き残りである自分の使命なのではないかと感じ始める。

だが、ほっとしたのも束の間——こんな騒ぎが起きたことへの、ジョザイアの怒りは収まっていない様子だ。

ずっと自分を羽交い締めにしていたアレッシュを、ようやく突き飛ばし自由になると。

「暴動を起こしたゴミどもは、一人残さず連行しろ！　牢に入れ日を改めて公開処刑とする」

王は少しも悪びれる素振りは見せず、灯台の上から叫び、自分の配下たちにそう命じたのだ。

ここ数年、国民の前では善良な国王を演じてきたジョザイアだったが、セラフィーナの告発により取り繕うことすらやめたようだ。

「そんなっ、騒ぎはセラフィーナのおかげで大事に至らず済みました！　これだけで公開処刑など、やりすぎです！」

そう進言したのはローズだった。

今までなにがあろうと、従順な態度を崩さなかった彼女の勇ましい態度に、一瞬驚きを見せたものの、ジョザイアは実の娘の言葉をもバカにするように鼻で笑う。

「フン、罪などこちらでいくらでも上書きすればいい」

「なっ⁉」

彼らに謂れ無き罪まで着せて、処刑するというのか。

「今後このようなことが起きぬよう、余に逆らうとどうなるのか、知らしめておくいい機会だ」

鎮魂歌も響かないこの男には、もう人の心が残っていないのかもしれない。

「お父様、もうおやめください！　そんなこと、独裁者のすることですわ」

「生温いことを言うな。見逃せば、そのうち寝首を掻かれるのはこちらだ。余に刃向かう危険な思想を持った者どもは、早急に処刑する」

「いいえ、見せしめの処刑で国民に恐怖を植えつけ抑え込んでも、いずれ不満は爆発し、もっと大きな暴動が起きるだけです！」

「黙れ、小娘が！」

怒鳴り声をあげたジョザイアに、それでもローズが怯むことはなかった。

もうこの国を好きにはさせないと、彼女の目が物語っている。

気色ばんだジョザイアは、いつものように手を上げそうな勢いだったが、そこでローズを庇うように、セラフィーナが前に出る。

「セラフィーナ、なんだその目は。貴様も、ただで済むとは思うなよ！　このジョザイアを怒らせたならどうなるか、思い知らせてやろう」

「いいえ、貴方はもう、この国の王ではいられなくなるでしょう」

「は？」

静かに告げたセラフィーナの言葉を、ジョザイアはすぐには理解できなかったようだ。

「貴方の罪は、すでにラトシェブル帝国の皇帝陛下の耳にも入っています」

「な、なにを言っている⁉　そんな真似、貴様ごときにできるはずっ！」

「嘘だと思うなら、後でご確認ください」

まだ半信半疑の様子ではあったが、ハッタリには見えないセラフィーナの態度に、ジョザイアの顔色はみるみる青ざめてゆく。

「許さぬ……許さぬぞ！　セラフィーナ！」

「セラフィーナ！　ぐっ⁉」

ジョザイアは、再び止めに入ろうとしたアレッシュを力任せに振り払い、護身用で持っていた短剣を鞘から抜くと、セラフィーナに襲いかかる。

その目は殺気で血走っていた。

「っ！」

「セラフィーナ、イヤー！」

セラフィーナが刺される。そう思ったローズが悲痛な声をあげたが。

刃と刃がぶつかり合う音が辺りに響いた。漆黒のローブが宙を舞い、床に落ちる。

「貴様は――っ」

ジョザイアの短剣は、セラフィーナに届くことなく、現れた男の剣に弾かれた。

今まで存在感を消し控えていた禁術使いが、突然ローブを投げ捨て、セラフィーナを守る様に正体を露わにしたことに、ジョザイアは動揺しているようだ。

「なんだ、貴様……貴様は、薬師だった男じゃないか⁉」

「残念だが、薬師とは仮の姿。俺の正体は怪盗だ」

「怪盗、だと？」

「今宵、世界一の歌声を持つ魅惑の歌姫を、この国から奪いに参りました」

「なっ、なっ」

怪盗を捕らえろとジョザイアは叫ぶ。しかし、ここに王の味方は誰もいない。駆けつけようとしている従者たちも、再び機転を利かせたローズとアレッシュに、ドアを塞がれこちらに踏み込めないままでいる。

「ふざけるなっ、ソレは余が拾ったものだ‼」

目玉を剝き出しジョザイアが振り上げた拳を、容易くレイヴィンは片手で摑み止める。

「セラフィーナは、お前のものじゃない」

スッと彼の表情が消え、冷たい目で見下ろされると、みるみるジョザイアは顔を引き攣らせて震えあがった。

この男は、なんの恐れも躊躇もなく自分を殺せる。そんな冷酷さを持ち合わせていると、察したのだ。

「ま、待て、落ち着け。そうだっ、余のコレクションしている財宝をやろう。好きなだけやってもいい！　怪盗なら、目も眩むような宝がいっぱいあるぞ！」

だから見逃してくれ。命だけは助けてくれと、引き攣った愛想笑いを浮かべ縋る姿は、あの独裁的だったジョザイアとは、まるで別人のような小物感が漂っていた。

「お前の隠し部屋にあった趣味の悪いコレクションなんて、いらねーよ」

「なっ、あっ、ならば余の配下となれ。そうすれば、コソ泥みたいな真似をせずとも、美味しい思いをさせてやる！　地位も、名誉も、権力でも、なんでも！」

その瞬間、ローズとアレッシュが二人掛かりで押さえていたドアがついに壊れ、ジョザイアの近衛兵たちが一気に押し寄せてくる。

「こ、このゴミカスどもを捕らえろー！」

形勢が逆転したと思い込んだジョザイアが、目の色を変え叫ぶ。

だが、フッとレイヴィンの口元には、薄い笑みが浮かんでいた。

「俺は怪盗だ。欲しい宝は、自分で手に入れてこそ価値がある」

「グハッ」

ジョザイアを近衛兵たちに向かって投げ飛ばしたレイヴィンは、セラフィーナへ手を差し出した。

「セラフィーナ、お前を攫いに来た」

強気な笑みと発言とは裏腹に、彼はセラフィーナが自ら手を取るのを待っている。

だから、セラフィーナは今度こそ――。

「はい。どうか私を、この国から攫ってください！」

ずっとずっと、伝えたかった言葉と共に、自分の意志で彼の手を取った。

「きゃっ！」

その瞬間、ぐっと引き寄せられたセラフィーナは、そのまま力強くレイヴィンに横抱きされる。

「よかった。嫌だって言っても、攫ってくつもりだったけどな」

こんな状況でもレイヴィンは楽しげで、それがとても心強い。決して敵にはしたくないけど。

「歌姫が攫われるぞ！」

「取り戻せ！」

慌てふためく近衛兵たちが、こちらに襲いかかって来る。

ローズやアレッシュが、がんばって邪魔しようとしてくれているけれど、後ろは海だし逃げ場はない。

（いったい、どうするつもり？）

だがレイヴィンは余裕の笑みを浮かべたまま、手摺りに足を掛けて上る。

「レ、レイヴィン？」

不安げに顔を見上げると「俺と落ちてく覚悟は？」と、少し意地悪な顔をした彼に問われた。

セラフィーナは、抵抗せずにレイヴィンの首に手を回し、離れないように強く抱きつくことで意思表示する。

近衛兵たちが騒めくなか、レイヴィンは迷いなく後ろへ倒れ、セラフィーナを抱いたまま夜の暗い海へと落ちていった。

そして——。

「うわっ、なっ、なんだ⁉」

まるで見計らったようなタイミングで、どこからかもくもくとスモークがあがり、灯台中の視界が悪くなる。目の前にいる人すら、確認できないぐらいに。

「ゲホッ、ゲホッ……」

そこにいる誰もが下手に動けず、そして視界が戻った頃には。

――歌姫と怪盗の姿は、闇の中へと消えた後だった。

二人は逃げられないと悟り、来世での愛を誓って海の底へ沈んでいったのかもしれない。

歌姫は悪い怪盗に攫われ、どこかの国へ売られてしまったのかもしれない。

皆、歌姫の力に惑わされ幻を見せられていたのかもしれない。

様々な憶測が広がってゆくなか、ローズとアレッシュだけは、セラフィーナが自分の意志で旅立って行ったことを察し、心の中で彼女の幸せを願っていたのだった。

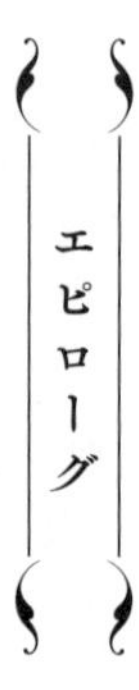

エピローグ

レイヴィンと共に、真っ逆さまに灯台から海側へ落下したセラフィーナは、このまま水の中へ飛び込もうというのかと覚悟したのだが、それは杞憂に終わった。

突如漆黒の外套が形を変え、蝙蝠の翼のようなグライダーとなり夜空を飛行する。

「レイヴィンったら、空も飛べたの！」

「怪盗だからな」

「怪盗って、皆飛べるものなの？」

「さあ、どうだろうな」

向かい風に舞い上がる長髪を片手で押さえながら、セラフィーナは初めての飛行に目を輝かせた。

やがて着地したのは、大きな船の甲板だった。肌寒い夜風のせいか、船の上は人気がまったくなかったが、この船は貨物船ではなく結構豪華な旅客船らしい。

二人はすぐに客室に向かうことはせず、先ほどまでの興奮を冷ますように、暗い海の水面をただ眺めていた。

「どうだった？　久々に、大勢の前で歌った感想は」

「ドキドキもしたけど……歌えてよかった」

もう二度と歌うことはないとまで思い詰めていたセラフィーナに、もう一度歌と向き合う勇気をくれたのは、紛れもなくレイヴィンだ。

それだけじゃない。自分が生きることを諦めないでいられたのも、全部。

「レイヴィン、本当にありがとう。私をあの国から攫ってくれて」

「ああ、一時はどうなることかと思ったけどな」

「本当ね。レイヴィンったら他人のふりが上手過ぎて、すっかり騙されていたわ」

でも、今思うとなかなか積極的に口説かれていた。あの時は、気付かずに困惑するばかりだったけれど。

亡霊になったセラフィーナに対し、初対面のように振る舞っていたレイヴィンの、たまに見せていたチグハグな態度を思い出し、セラフィーナはクスクスと笑う。

「……人の気も知らないで」

「いひゃいいひゃいっ!?　ごめんなひゃい！」

半眼のレイヴィンに両頬を引っ張られ、セラフィーナが両手をバタつかせる。

「あの状況で焦らされてたこっちの身にもなれよ」

「そんなこと言われても」

だがたくさん心配を掛けてしまったのは事実で、しゅんとするセラフィーナの頬を、レイヴィンは切なげな表情を浮かべ包み込んだ。

セラフィーナの温もりや、存在を触れて確かめるように。

「ずっと、お前が消滅してしまったらって、気が気じゃなかった。絶対に失いたくないと思った……無事でよかった、セラフィーナ」

痛いほど強く抱きしめられ、いつも余裕で動じない彼の、自分に対する揺るぎない想いに触れられた気がして、セラフィーナはなんだか泣きそうになる。

「ありがとう。私のこと、見捨てないでいてくれて。本当の願いを、叶えてくれて」

自分は今、大好きな人の腕の中にいるのだ。そんな喜びを大切に噛み締めながら、セラフィーナもぎゅっと強く彼の背に手を回した。

「もう、離れたくない。ずっと、私と一緒にいてくれる？」

「それは……お前に、覚悟があるのなら」

レイヴィンに問われ、セラフィーナは彼の胸からそっと顔を上げる。

「この船の最終目的地は、ラトシェブル帝国。俺の所属する協会本部もある国だ」

レイヴィンが言うには、そこに着くまでに、いくつかの国へこの船は立ち寄るらしい。

「逃げるなら、その時がチャンスだぞ」

「そんな、逃げるなんて」

またからかわれているのか。それとも彼は本気で言っているのか、汲み取れない。

「……本当にいいんだな。俺に付いてくるってことは、怪盗のモノになるってことだ」

確かに。ウェアシス国を出る覚悟は十分にしていたが、そっちの覚悟を、あまり深く考えたことはなかった。

戸惑うセラフィーナの髪に、レイヴィンがそっと手を伸ばす。

そのまま頭を撫でてもらえる予感に、セラフィーナの胸は少しだけ高鳴ったのだが、彼はセラフィーナの髪を軽く梳くと、少し困ったような顔で笑った。

「お前に俺のいる世界は、似合わないかもな」

なんとなくレイヴィンがなにを躊躇っているのかが伝わってくる。

自分はレイヴィンから見れば、世間知らずのお嬢様なのかもしれない。

けれど住む世界が違うなんて今さらだ。そんなことで揺らぐほどの、弱い気持ちだと思われるのは不服だった。

一度摑んだこの手を、離すつもりなんてないのに。

(でも……そういえば、私。ちゃんとレイヴィンに、告白の返事をしていないかも)

なんでも察してしまう彼のことだから。既に気付いているだろうけど。

セラフィーナは「えいっ」と勇気を出すようにして、再びレイヴィンに抱きついた。

「レイヴィン、大好きよ」

「っ……」

「貴方が、大好き。だから……今の私じゃ頼りないかもしれないけど。私を貴方のいる世界に連れて行って？」

「二言はないか？」

「ええ、これがあの夜してくれた、告白の返事」

「なら、もう遠慮はしない。お前は、俺の見つけた秘宝だ」

「っ！」

その返事を待っていたと言わんばかりに、抵抗する間もなく腰に手を添えられ、指で顎を持ち上げられると、そのまま唇が奪われた。

性急な態度とは裏腹な、優しい触れるだけのキスに心が満たされ、愛しい気持ちが込み上げてくる。離れがたくなったセラフィーナは、彼の服をきゅっと掴んだ。

そんなセラフィーナに応えるように、口付けが深くなる。唇を食むような大人っぽいキスをされ、思わず目を開けば、意地悪な瞳のレイヴィンと間近で目が合った。

「可愛い反応だな。耳まで赤い」

「っ……子ども扱いしないでください」

「まさか。ちゃんと、大人扱いしてるだろ」

今度は、一度だけ啄むようなキスをして彼は笑った。セラフィーナの反応を楽しむように。

こんなにもドキドキしているのは、自分だけなのかと思うと少し悔しい。いや、とっても悔しい――いつになったら、余裕の彼をぎゃふんと言わせられるのだろう。

「逃げないのか？　逃げないなら、続けるけど」

言葉を交わすと互いの吐息が唇に触れる距離で囁かれる。

自分はきっとまた、彼の思惑通り、熱に浮かされた目をしているのだろうけど――。

「いいの、レイヴィンになら全部奪われても」

そのまま彼を見つめ返し素直な想いを告げると、ずっと余裕だったレイヴィンが、息を呑むのが伝わってきた。

「……最高の殺し文句だ。愛してる、俺だけの歌姫」

セラフィーナはその言葉ごと彼を受け入れるように目を閉じた。

あとがき

この度はデビュー作『麗しの怪盗は秘宝の歌姫を所望する』をお手に取っていただき、ありがとうございます。初めまして、桜月ことはと申します。

こちらは『魔法のiらんど大賞２０２１』の受賞作『歌姫は怪盗に溺愛されている』を、大きく改稿した物語なのですが、沢山の方々にご協力いただき、ようやく形にすることができました！

梅之シイ先生。美しく素敵なイラストを描いていただき、感謝の気持ちでいっぱいです！

担当様、編集部の皆様、選考に携わってくださった方々、他にも本作の刊行にご尽力くださった全ての方に、心から御礼申し上げます。

受賞を自分のことのように喜び、応援してくれた家族や友人たちもありがとう。

そして、沢山の本の中からこの物語を見つけてくださった皆様。怪盗、歌姫、恋模様など自分の好きを詰め込んだので、少しでもわくわくキュンキュンしていただけたら、作者としてこの上なく幸せです。ここまでお読みいただき、ありがとうございました。

桜月ことは

「麗しの怪盗は秘宝の歌姫を所望する」の感想をお寄せください。
おたよりのあて先
〒102-8177　東京都千代田区富士見2-13-3
株式会社KADOKAWA　角川ビーンズ文庫編集部気付
「桜月ことは」先生・「梅之シイ」先生
また、編集部へのご意見ご希望は、同じ住所で「ビーンズ文庫編集部」
までお寄せください。

麗しの怪盗は秘宝の歌姫を所望する

桜月ことは

角川ビーンズ文庫　24022

令和6年2月1日　初版発行

発行者――山下直久
発　行――株式会社KADOKAWA
〒102-8177　東京都千代田区富士見2-13-3
電話 0570-002-301（ナビダイヤル）
印刷所――株式会社暁印刷
製本所――本間製本株式会社
装幀者――micro fish

●お問い合わせ
https://www.kadokawa.co.jp/（「お問い合わせ」へお進みください）
※内容によっては、お答えできない場合があります。
※サポートは日本国内のみとさせていただきます。
※Japanese text only

ISBN978-4-04-114578-4 C0193 定価はカバーに表示してあります。
◇◇◇